非凡女孩

勇敢的佳塔
说谎的魔法镜

[意]贝亚特丽斯·马西尼　著

[意]德西德里亚·桂西阿迪尼　绘

刘月樵　译

上海社会科学院出版社
SHANGHAI ACADEMY OF SOCIAL SCIENCES PRESS

图书在版编目（CIP）数据

勇敢的佳塔：说谎的魔法镜 /(意) 贝亚特丽斯·
马西尼著；(意) 德西德里亚·桂西阿迪尼绘；刘月樵
译.-- 上海：上海社会科学院出版社，2024
（非凡女孩；1）
ISBN 978-7-5520-4401-0

Ⅰ.①勇… Ⅱ.①贝… ②德… ③刘… Ⅲ.①儿童小
说—短篇小说—意大利—现代 Ⅳ.①I546.84

中国国家版本馆CIP数据核字(2024)第103472号

© 2010, Edizioni EL S.r.l., Trieste Italy on *Agata e gli specchi bugiardi*

本书中文简体版权由 Edizioni EL 授权青豆书坊（北京）文化发展有限公司代理，上海社
会科学院出版社在中国除港澳台地区以外的其他省区市独家出版发行。未经出版者书面许
可，本书的任何部分不得以任何方式抄袭、节录或翻印。

上海市版权局著作权合同登记号：图字 09-2024-0382 号

勇敢的佳塔： 说谎的魔法镜

著　者：［意］贝亚特丽斯·马西尼
绘　者：［意］德西德里亚·桂西阿迪尼
译　者：刘月樵
责任编辑：赵秋蕙
特约编辑：李虹霞
装帧设计：乔雅琼　任伟嘉　盛广佳
出版发行：上海社会科学院出版社
　　　　　上海市顺昌路622号　　　　邮编200025
　　　　　电话总机 021-63315947　　销售热线 021-53063735
　　　　　https://cbs.sass.org.cn　　E-mail: sassp@sassp.cn
印　刷：北京汇瑞嘉合文化发展有限公司
开　本：889毫米×1194毫米　1/32
印　张：2.75
字　数：19千
版　次：2024年7月第1版　2025年5月第6次印刷

ISBN 978-7-5520-4401-0/I·530　　　　　　　　定价：118.00元（全6册）

佳塔的档案

爸爸：国王阿道尔夫

妈妈：王后奥尔佳

特殊标志：面颊上长着几颗小雀斑

最喜欢的玩具：风筝

最喜欢的动物：小矮马欧布拉

最喜欢的食物：棒棒糖

幸运色：绿色

幸运物：绿玛瑙

理想职业：马术表演者或糕点师

我一直很喜欢冒险．妈妈说，我开口讲话说的第一个字是"猫"，那时我才九个月。由于后来发生的事情，所有的人都肯定，当初我想说的那个字是"冒"，"冒险"的"冒"。我不知道，我不记得这些了。我只记得我的家，那是一座城堡，但对我来说，那座城堡实在是太小了……

佳塔

目　录

引 子

嫉妒的女巫和镜子魔法

佳塔是一个小公主，她遇到了一个很大的难题。但是先等等，这个故事开始的时候，和佳塔其实没有什么关系。小读者们，看到这里，你们是不是觉得作者疯了？她怎么可以在书名里写上佳塔的名字，然后却说这个故事跟佳塔没有什么关系呢？其实，在所有的故事里都有这样那

样的"为什么",这个故事也一样。接着读下去,你慢慢就会明白了。

佳塔的难题是她的妈妈——王后奥尔佳。在东西南北所有的王国中,奥尔佳是最美丽的王后。对于这一点,奥尔佳自己非常清楚。她非常精心地呵护着自己的美貌,就像我们打理一座花园一样。她只穿颜色最适合她的衣服,比如说绿色、天蓝色和深蓝色。她让人从很遥远的地方运来精油和香膏,抹在身上,保持皮肤的柔软和光滑。她尽量不让自己过分欢乐或者过分忧伤,因为那样会损坏她丝绒般的皮肤,出现令人讨厌的皱纹(当人做鬼脸、大笑或者大哭的时候,是很容易长皱

纹的)。

王后对自己的美貌如此迷恋，以至于几乎都忘了自己还有一个女儿。她把佳塔扔给奶妈和侍女们，因为照顾孩子是很累人的工作，日子久了就会让人长皱纹。不过，王后喜欢时不时地让人把佳塔带过来，给她穿上漂亮的衣服——那些衣服就像她自己的衣服的缩小版——看着她学走路，玩金球，追逐小白狗。对王后来说，佳塔就像一个讨人喜欢的小玩具、一个活蹦乱跳的洋娃娃。因为佳塔很可爱，所以王后很喜欢她。

而佳塔呢？她非常喜欢她的王后妈妈，每一次看到妈妈，她都非常快乐。她

总是出神地凝视着妈妈，因为妈妈是那么美丽，全身因缀满珠宝而闪闪发光，眼睛明亮得就像珍珠一样。但是，所有专属小女孩儿的事情，比如玩耍、耍小孩子脾气、膝盖蹭破了皮需要人安慰等等，佳塔都是去找奶妈和侍女们帮忙，而不是到王后那里去撒娇。

在佳塔的世界里，这很正常。也许你们不是这样，所以你们会为佳塔感到难过。但很明显，佳塔自己并不知道这一点。再说，她也知道自己的妈妈与别人的妈妈可能不同，她的妈妈毕竟是王后，也许所有的王后对待自己的孩子都是这样吧。

美好珍贵的东西总是招人嫉妒，因为人人都想拥有，却又不能够拥有。一个住在树林里的女巫就是这样。她不是一个漂亮的女巫，所以她更讨厌听别人提起王后非凡的美貌，讨厌从来没有人邀请她去城堡里参加舞会——因为他们担心她会吓跑客人。

"哪些东西，她有我没有呢？"女巫一边嘟嘟囔囔，一边看着镜子里的自己——大大的鹰钩鼻，长满疙瘩的皮肤。

"有一样东西，她肯定有，而你肯定没有！"她的宠物乌鸦哇哇地叫着，从上面注视着镜子里丑陋的女巫。女巫气急败坏地冲乌鸦扔去一只鞋子、一块土豆，还

有随手能找到的一切东西，但一次都没有
打中乌鸦。因为女巫是近视眼，又固执地
不肯戴眼镜。

"肯定有一样东西，我有而她没
有！"有一天，女巫终于尖叫道，"那就
是魔法！"

就这样，她开始在魔法书里寻找。

她的脑海里已经有了一个绝妙的坏主意：
我要做一件既残忍又好玩儿的事情，给那
位自命不凡的王后以及她愚蠢的臣民一
个教训，同时对我来说也会产生神奇的
效果。

　　女巫埋头在书中这里找找，那里翻
翻，终于找到了一个最合适的魔法。"噢，
在这儿呢！美丑颠倒的镜子魔法！太好
了！来看看咒语是怎么说的吧。"

　　美丽的你，将变得丑陋不堪；
　　难看的我，将变得漂亮迷人。

　　施了这个魔法之后，镜子就再也不

会忠实地照出人的相貌，而是显示出与人相貌相反的模样。

"太好了，太好了！漂亮的人将看到自己丑陋的脸，而我呢，会在镜子里变得漂亮迷人！"女巫咯咯地笑起来。

"要些什么配料呢？"她马上开始工作起来。

女巫架起一口热气腾腾的大锅，在里面放进野草和秘制的毒药，然后郑重其事地念出咒语。魔法起作用了——镜子上先是沾满了水汽，当水汽散去的时候，女巫好奇地看去：长满疙瘩的皮肤消失了，鹰钩鼻也消失了，她真的变漂亮了！不，准确地说，是镜子里的她变漂亮了，真实

的她当然还是原来的那副模样。但是，不管是谁，只要看见自己的漂亮镜像，就宁愿相信自己真的漂亮了。所以，女巫急不可耐地想看看魔法在王后身上的效果。她往身上裹了一件隐形斗篷，骑上扫帚，忽地一下飞走了。

当女巫赶到王宫时，王后正让人把自己的长发梳成许多根小辫子。王后不时大叫一声，因为负责梳头的侍女扯疼了她的头皮。不过，她并没有把侍女赶走，因为不久前有人对她说过，美丽是要付出代价的。所以，为了把头发打理得漂漂亮亮，她宁愿受点儿罪。就在这时，城堡里所有的镜子突然都蒙上了水汽。

"哎呀……哎呀……这是……谁知道发生什么事情了？镜子看不到了，我的睫毛膏都掉了……你们叫个人来弄掉这些水汽！"王后大声叫嚷道。拿着扇子的仆人扇掉了水汽。然后王后再去照镜子时，却大叫一声昏了过去。

隐身的女巫发出一声冷笑，忽地从窗户飞走了。她的目的实现了。

侍女们忙作一团，急着让王后恢复知觉。终于，王后睁开了眼睛，但当她再次看到镜子里的自己时，又昏了过去。

当侍女们正忙着应付又一次昏过去的王后时，其中一个侍女问道："究竟出了什么事呀？"她凑到镜子前看了看，突然屏住了呼吸：她看到的不是她自己，不，准确地说，她看到自己变可爱了！这个侍女长得不难看，只是太严肃，镜子魔法把她变成了一个笑意盈盈的姑娘。"太神奇了，你们也来试试！"于是，侍女们马上扔下昏迷不醒的王后，挤到镜子前。她们时不时发出尖叫和笑声，有的惊异，有的欢乐，也有的愤怒——因为那些漂亮的侍女看见自己变丑了，所以一点儿都不高兴。

"这全是假的！"过了一会儿，一个侍女说道，"我们离开这镜子，到那边去，大家互相看看，我们还是我们，一点儿都没变！"侍女们互相瞅瞅，发现那位侍女说的没错，确实什么都没有改变。这只是个游戏，是镜子给大家开了一个古怪的玩笑。于是，侍女们又回到镜子前嬉笑打闹。

但是王后一点儿也笑不出来。她醒过来时，惊讶地发现自己一个人躺在地上，而侍女们挤在她的镜子面前笑成一团。她拖着鼓鼓囊囊的裙子吃力地站起来，再次向镜子里张望，却又一次被自己在镜子里的模样吓坏了：鼻子太长了，头发暗淡无光，皮肤是老鼠毛一样的青灰色，面颊松弛下垂，双眼很小而且挤在一起，背佝偻着，腰很粗，简直是一个怪物！她忍不住尖叫起来。

侍女们听见尖叫，立刻恢复了她们的庄重，赶忙去照料心烦意乱的王后。发现镜子秘密的那个侍女，试图向王后解释：她的相貌一点儿也没有改变，她依然是她本人，只是镜子在跟她开玩笑。但是，她的话王后听不进去。国王阿道尔夫听见妻子可怕的尖叫后，赶紧跑了过来。

他极力想让王后相信她仍然像往常一样美丽，但王后也不听他的话。王后陷入了深深的绝望之中，任何人的安慰都是徒劳。

"你在撒谎！你这样说，只是因为你爱我，但我是个怪物，很快你就不会爱我了！"

"不是的，宝贝，是镜子在说谎。这可能是某个糟糕的巫师搞的一场滑稽戏法，过一会儿就恢复正常了。"

"正常什么？我是一个怪物！我不能成为一个怪物！"

"可这不是真的，是镜子在说谎……"

没有办法，王后不相信任何人。

佳塔（好了，在这里，她作为主角，

回到了舞台上）躲在一扇屏风后面，看到了这一切。她走到一面镜子跟前，看到了很可笑的自己：圆圆的脸，红红的面颊，那不是原本的她，更像是一个马戏团的小丑，但她觉得很好玩儿。后来她听到爸爸

说，是镜子在开玩笑——爸爸是国王，说话当然是很有道理的。然而当她去看望她美丽的妈妈时，王后还在哽咽、哭泣和沮丧绝望中。"妈妈，你永远是最美丽的！"佳塔靠近妈妈，轻轻地喊道，"妈妈，妈妈……"但是王后沉浸在自己变成丑八怪的哀痛之中，根本听不到佳塔的声音，也看不见她。

第一章

佳塔踏上冒险之旅

很快整个王国的人都知道了，都在拿镜子魔法说笑。这是一件令人很开心的事情，因为它颠倒了是非。它让漂亮的人变得丑陋，让丑陋的人变得漂亮，其实这并不是一件多糟糕的事情。

始终觉得自己长得难看的人，从镜子里看到了自己一心想变成的模样，得到了安慰，就会变得更自信——越自信的人越漂亮，这样，他们就真的变漂亮了。而那些始终对自己的相貌信心十足的人，就会在镜子面前耸耸肩膀，做出种种怪相，认为这一切反正都不是真的。也许，他们会因此了解到长着可笑或丑陋面孔的人心里的自卑，他们以后就会对这些人更加和蔼可亲、体谅宽容。

　　唯一没有心思开玩笑的是王后。她没有一点儿幽默细胞，并且不相信臣民，也不相信国王，只相信自己的眼睛。她在镜子里看到一个怪物，就相信自己变成了怪物。所以她一直垂头丧气，伤心落泪。

　　到这里，佳塔——这个故事真正的主

角，终于登上舞台了。你们一定明白，故事的主人公并不永远都是那个说话最多、行动最多的人（如果按照这个标准，这个故事的主角就应该是王后），而是那个做出最重要的事情的人。

而佳塔做了这件最重要的事情——出发。

她一个人出发了，没有告诉任何人。

她要去为她的王后妈妈找到一面诚实的镜子，让微笑和对生活的热爱重新回到妈妈身上。因为对王后来说，现在最需要的就是一面诚实的镜子。

所以一天清晨，她一个人悄悄地出发了。她溜出王宫，没有让任何人发现，这

并不困难，因为大家都在忙着照顾王后，对佳塔比平时更不上心。她只要在衣服外面套上一件深色斗篷，就没有任何人会注意到她。她把小王冠藏在风帽下，把玫瑰色的丝绒裙仔细地拢在斗篷的褶子里。她还从园丁那里借来了一双结实的靴子。这位园丁个头矮小，几乎和她一样高。但园丁毕竟是个男人，因此对佳塔来说，靴子还是有点儿大。那就忍着点儿吧。她总不能穿着平时在城堡里穿的绣花鞋去旅行，对吧！她随身带上了一个小背包，往里面塞了一些为长途旅行准备的面包、肉干、一大把棒棒糖（她最喜欢吃棒棒糖了，再说糖还能补充能量）、几枚金币（这是最

近一次生日，邻国大使送给她的礼物)、
一个指南针、一只风筝、一个风车，还有
她的洋娃娃米娜和一个小布包。小布包里
装着一些绿色的硬石头——玛瑙，这是她
的教母送给她的礼物。绿色是佳塔的幸运
色，也是她眼睛的颜色，教母说绿玛瑙能
给她带来好运。但佳塔带着绿玛瑙，主
要是因为她喜欢将绿玛瑙拿在手里的感
觉——又滑溜又清爽，而且她对那种绚丽
的色彩很着迷。

　　为了方便赶路，佳塔还非常巧妙地带
出了她的小矮马欧布拉。虽然佳塔做了伪
装，但她还是担心直接从马厩里把欧布拉
牵走，会被人认出来。于是她精心策划了

一场行动: 她先偷偷地钻进欧布拉的围栏, 给了它一小块棒棒糖, 然后虚掩上围栏门, 捧着一堆棒棒糖碎渣边走边撒, 从院子的大门一直撒到护城河的桥上。接下来她就在桥上守株待兔。如她所料, 欧布拉很贪吃, 果然它一路找着棒棒糖碎渣吃, 就这样非常准确地来到了桥上。

"走吧。"佳塔跳上了欧布拉的背, 欧布拉驮着她小跑着向前奔去。关于这次旅程, 佳塔的想法很模糊。她只知道要为妈妈找到一面诚实的镜子, 但是去哪里找、怎么找, 她却一点儿也不清楚。

"先出发了再说。"她自言自语道, "说不定什么时候灵光一闪, 我就有主意了。"

但就在她等待"灵光一闪"的过程中，她的干粮吃完了。首先，她以惊人的速度嘎巴嘎巴地嚼完了所有的棒棒糖，因为没有任何人对她讲过，一次别吃太多棒棒糖，否则会肚子疼。即使有人讲过，那也不是真的，因为佳塔吃了一个又一个，根本没觉得肚子难受。现在，她的小背包里就只剩下一些透明的棒棒糖碎渣了。佳塔嘬了嘬沾满甜甜碎渣的手指头，叹了口气。

"我真羡慕你，欧布拉。"她对安安静静吃草的小马说，"你从来都不需要思考如何填饱肚子的难题……"

幸运的是，她也没有——至少她是这么认为的。她走进面包店，取出一枚金币，告诉面包师她要买一个长面包。然而，那位女面包师却把金币翻来覆去地看了老半天，仿佛它是假的似的，最后她说："我不认识这种钱。"

　　"这是波尔图加利亚大使送给我的礼物。"佳塔解释说。

　　"我不知道你说的这位大使是谁。我们这里花的是杜卡托金币、镍币和钢镚儿。一个长面包要一个钢镚儿。话说，你住在哪里，是城堡里吗？"

　　"正是这样。"佳塔认真地回答，但是女面包师根本不信她的话。后面的顾客等得不耐烦了，猛地把她撞开，排到了她前面。佳塔凝神细看，原来钢镚儿就是那种没有光泽的小硬币，远比不上她的金币漂亮，但是没人要她的金币。就这样，她学到了在自己的独立生活，也是真正的生活中的第一课：对自己有价值的东西，对别

人未必有价值。这与她在城堡里必须上的那些法语课、舞蹈课、钢琴课完全不同。

但肚子饿的问题依然没解决，佳塔必须想办法弄点儿吃的。她拍拍脑袋瓜，想起了一件事：在城堡里，没人管她的时候，为了打发那些漫长而无聊的时间，她学会了站在小跑的欧布拉身上保持平衡，甚至单脚站立，姿势就像玻璃做的精致的芭蕾舞小演员一样完美。于是她脱下笨重的园丁靴，换上小便鞋，从背包里取出风车，然后爬到欧布拉的背上。这匹小马吃得饱饱的，正需要活动活动蹄子呢。就这样，欧布拉在小主人的命令下，开始在广场上跑圈圈。佳塔站在马背上，张开

双臂微笑着，手中挥舞的风车不停地转
动。然后，当一大群人聚集起来围观她的
时候，佳塔亮出了最后的绝招：一条腿站
立，另一条腿屈伸向后面保持平衡，而欧
布拉则以正常的脚步小跑，发出嘚嘚嘚的
马蹄声。小孩子们随着马蹄声的节奏拍着
巴掌，佳塔微笑着，场面就像宫廷节日时
孩子们欢迎远道而来的客人们那样热闹。
最后，所有的人都鼓起掌来。这时开始有
人——实际上，并没有多少人——向她的
脚下扔硬币。佳塔赶紧从马背上滑下来，
行了一个深深的屈膝礼。

佳塔这一次挣来的钢镚儿，足够让她
坐在小旅店门口，放心地吃上一顿丰盛

的晚餐了——包括一个长面包、一块烤鸡肉和一罐蜂蜜水——并且还剩下几个钢镚儿。她自己辛苦赚来的这顿饭，在她看来就跟城堡里最丰盛的晚宴一样好吃，甚至更加好吃。

但是她这趟旅程的目的不是为了学会赚钱，而是有一项重要的任务要完成。于是，她向旅店老板打听消息。这位老板抓了抓脑袋，又揉了揉肚子，然后说道："你要找的应该是《白雪公主》里的魔镜，它总是讲实话。这个可怜虫，正因为这个，它从前的女主人——坏心肠的王后生气了，把它摔成了两半。它自己想办法重新拼到了一起——要知道，它还是一面具有魔力的镜子。最后它被放到了奇妙博物馆里。你先这么走，再那么走，然后往上走，再往下走，经过第三个环岛广场，再右拐三次，就到了。"

就这样，佳塔出发去找这座奇妙博物馆了。她迷路了好几次，因为环岛广场总是会让人对方向产生错觉，骑着马也不例外，但最后她还是到达了目的地。奇妙博物馆位于树林的中心，看起来比一间尘土弥漫、摇摇欲坠的茅屋好不了多少。

"来参观的人不多，我真不明白为什么。"守门的小矮人说，他也是满脸尘土。他收了佳塔一个钢镚儿，然后发给她一张票。

　　佳塔马上就明白为什么了。那里面只有用旧的、不再起作用的魔法物品，比如：灰姑娘的水晶鞋（在灰姑娘逃跑的时候，已经掉了鞋跟），阿拉丁的飞毯（被虫子蛀了许多窟窿），青蛙王子的金球（瘪了，也褪了颜色），曾经刺伤过睡美

人的纺锤（由于白马王子一个气愤的动作，被截去了尖头）等。所有的东西都是古老童话的残余物，令人伤感，谁会感兴趣呢？

由于佳塔是唯一的参观者，所以她有足够的时间仔细观察展出的物品。实际上，这次冒险之旅还给了她一个很好的机会，让她观察和认识封闭的城堡之外的真实世界。在外面，至少没有人老是盯着她应该做什么。但是，刹那间，佳塔的脑海里又闪现出垂头丧气、面容憔悴的妈妈，于是她赶快打起精神仔细寻找，最后终于找到了传说中的魔镜。

魔镜躺在角落里，仿佛睡着了。镜面

被一条长长的裂痕分成两半，就好像是被一道闪电击中似的。佳塔十分熟悉它的故事：那个坏心肠的王后——白雪公主的继母，曾经很喜欢这面镜子，因为镜子照出她迷人的相貌，还说她是世界上最美丽的人。但是后来，当白雪公主变得比她还美丽的时候，这面诚实的镜子对她说了实话，她一怒之下就把镜子摔碎了。

佳塔看了看魔镜，它沉重的眼皮低垂着，嘴巴紧闭，两颊干瘪，脸色青灰。"看来这面镜子状况不太好。"佳塔在心里说道。她试图轻轻地将它唤醒："嘿！"

魔镜突然睁大了眼睛，就好像它一直在等待这一刻。但是那双眼睛里充满了狡诈，佳塔害怕地后退了一步。

"从我这样一个没用的老物件身上，你想得到什么？你这样漂亮的一个女孩儿，独自来到树林中心……"魔镜用甜蜜的声音对她说道。

"我想知道你能……你能不能……帮助我妈妈。"佳塔回答，她有一点儿被吓着了，但还是用简短的语言向镜子讲述了城堡里发生的事。

"噢，我当然能够帮助她！只要你能把我从这里带走！我可以肯定，你妈妈是世界上最漂亮的王后！我可以保证，就像你是世界上最漂亮的小公主一样！有什么样的妈妈就有什么样的女儿，这是一定

的，我知道……把我从这儿带走吧，求你了，求求你！我将对她说你想说的、她想说的、你们想说的所有的话！"镜子说到这儿，放声大哭起来，"为了不烂在这里，让我做什么都行！日复一日，我在这里只能看见那个丑陋的小矮人。我习惯于打量最美丽的面孔，我是最可靠的、唯一有魔力的镜子。"

听到这些话，佳塔开始怀疑起来。魔镜的许诺太多了！它怎么知道，她妈妈真的是世界上最漂亮的王后呢？它又怎么能说她是世界上最漂亮的小公主呢？从前，当城堡里的镜子还老老实实的时候，当侍女们给她穿衣服、为她梳头发的时候，她

阿拉丁的飞毯

灰姑娘的水晶鞋

青蛙王子的金球

毒纺锤

照过很多次镜子。她可以说自己长得很可爱，有个土豆一样的小鼻子。她也可以说自己讨人喜欢，脸上长着小雀斑，还有一头红红的小鬈发。但她肯定不是最漂亮的小公主，她一点儿都不像她的妈妈，有的洗碗女工和女佣都比她漂亮得多。

"你并不诚实。我需要一面诚实的镜子。"佳塔的口气很坚定，"至于说假话的镜子，我们的城堡里要多少有多少，尤其是现在。"

"你敢说我撒谎？"魔镜惊叫起来，十分恼怒，"你怎么能这样，流鼻涕的小女孩儿！"

随后，魔镜的眼睛里流露出一道奇怪

的光，它用很小很小的声音说道："不过你说的有道理。自从那个坏心肠的王后击碎了我的心脏之后，我就再也没有讲过真话。她对我的伤害太大了。她让我明白，讲假话是更有好处的。我把真相全都说出来了，现在你知道，我对你一点儿用处都没有了。你会把我扔在这里，在这个可怕的地方一点点烂掉，直到彻底消失。我确实对你撒了谎，也许现在，我还在对你撒谎。不过或许你可以帮助我，因为我正在故意说着反话。当一个人学会了撒谎，那撒谎就变得很容易，甚至轻而易举，久而久之就成了习惯了。因此，你永远都不会知道我是在说假话还是在说真话，哈哈，哈哈——"它发出长长的、疯狂的笑声。

笑声在博物馆空旷的走廊里回响着。佳塔深深地为魔镜感到痛苦。但她知道，魔镜对她一点儿用处也没有。她眼下当然不能把一件这么巨大且沉重的东西运到城堡里。但她心地善良，还是感到不忍，于是对魔镜说："我答应你，我以后会回来把你带走。我想，不管是说谎还是说真话，你对美丽的王后都很有用。"

"你发誓，你发誓。"魔镜恳求道。佳塔只好举起右手发了誓，并吻了一下魔镜，然后她就走了，连在门口睡觉的小矮人都没有叫醒。

"任务失败了。"佳塔骑在欧布拉的背

上重新上了路，"现在该怎么办呢？"

　　其实失败也没什么，佳塔知道自己必须继续行动，直到找到一面诚实的镜子，帮她妈妈解决问题。反正，现在生存已经不是问题了——她和欧布拉的演出，不管走到哪里，都很成功。现在她的背包里已经有了一大把钢镚儿，正发出叮叮当当的响声。真正的问题是，如何才能找到一面诚实的镜子。佳塔走到哪里就问到哪里，但人们总是摇着头，不知道如何帮助她。

"你为什么不去找马林巫师呢？"有一天早上，一位善良的小老太太对她说。这位小老太太在自己的柴房里招待佳塔和欧布拉过了夜，并且听佳塔说了整个故事。

"可他是谁呢？"佳塔问道，她已经准备再次上路了。

"他是个白魔法师，只使用善良的魔法，就是你需要的那种。他住得离这儿不远，你走过两个环岛广场，左转两次，经过第三个环岛的时候向右走。他就住在森林的中心。不过你要小心，那里有点儿怪异。"

"什么样的怪异？"佳塔问道。

"没什么，这么说吧，他不是你想象中的那样。"小老太太说着，挥挥手向她告别。

就这样，佳塔按照小老太太的指示，在环岛周围迷了几次路之后，终于走上正道，这条路直接通向了森林中心马林巫师的小屋。只见路口竖着一块指示牌，白底上用大大的红字写着"应用巫术"，下面还有一行小字"这边走"。

巫师的小屋坐落在林中空地上，非常

可爱，墙壁全部漆成了淡淡的绿色，窗户
则是天蓝色的——都是佳塔非常喜爱的颜
色，这让她想起她的妈妈。佳塔的心揪了
一下，赶紧从欧布拉的背上滑下来，前去
敲门。

"请进。"一个深沉的声音说道。

佳塔走了进去。房间很精致，收拾得
非常整齐，闪闪发亮，简直难以想象，这
是一个巫师的隐居之处。厨房也非常宽敞
明亮，一尘不染，没有蒸馏器，没有用稻
草扎成的动物，也没有奇怪的冒着热气的
深底圆铜锅。巫师披着大披风，系着一条
深蓝色的围裙，正专心地做一种好吃的东
西。"应该是一个蛋糕。"佳塔在看了食材

之后判断道。

"再过一会儿，我就做完了。"巫师边搅拌碗里的奶油，边对她说，"你先坐下吧，拿一块夹心糖，再告诉我你为什么来这里。"

佳塔坐在一个天蓝色的小沙发上，吃了几块可口的夹心糖。糖果的味道让她精神一振，她开始向巫师讲起了镜子魔法以及她不幸的妈妈。

巫师边听边把混合后的面糊倒进一个平底烤盘里，然后熟练地送进烤炉。他总算忙完了，坐到佳塔的对面，为她泡了杯热茶。

当蛋糕诱人的香气弥漫在房间里的时

候，佳塔讲完了她的故事。"我听人讲起你，所以就到这里来了。我没有什么东西可以报答你，不过，我有一些漂亮的绿石子。"她从背包里取出装满绿玛瑙的小布袋，"这是我拥有的最珍贵的东西，我可以把这些作为酬劳，请你用善良的魔法，帮我找到一面诚实的镜子。"

"哦，"巫师用手抚摸着那些绿色的石子，"是玛瑙呀！它们代表勇气和力量，代表看透魔法、不为表象迷惑的能力，还代表倾听和理解……你知道吗？这些石子就像你一样。你的妈妈一定为你感到自豪。"

"可是，说实话，我不知道。"佳塔

胆怯地说，"我妈妈对我照顾很少，因为
她是那么漂亮，她的头脑里总有其他的事
情……我敢肯定，她甚至都没有发现我跑
出来了。"

　　但佳塔错了。为了搞明白事情真相，
我们先让她待在那里，与巫师一起喝茶，
我们迅速地回到城堡一会儿。

第二章

王后的变化

这时，在城堡里，王后已不能像平时那样，在镜子面前度过每天的大部分时间了。因为一照镜子就害怕，所以她下令把王国内所有的镜子都拿布盖住。这样，她有了许多的空闲时间。她开始观望周围，而不是像从前那样只看镜中的自己。她发现城堡的里里外外有许多事情都不太令人满意。首先她关照了一下城堡里面：
她命人扫除所有台架上面的灰尘，向蜘蛛
网宣战，还命人移动家具，希望让城堡焕
然一新。朝臣们已经习惯了顺从她，对她
献殷勤。而国王呢，只要能让王后开心，
不再想镜子的事情，无论做什么都可以。

　　在重新布置完城堡之后，王后又坐着
四轮马车外出游览了。她把自己的日程安
排得满满的，尽量不去想镜子以及镜子里
自己的面孔。她发现外面的世界其实非常
可爱，美丽的景色在城堡周围延伸，只要
用心，美随处可见。

　　"快看呀！"有一天，她在一座高山
上凝望着太阳下山的美景，"我花了那么多

时间欣赏自己，却没有观望四周。我失去
了多少美好的东西，我是多么愚蠢啊！"

又有一天，她终于说："有一段时
间没看见我的小公主了，你们能把她带
来吗？"

她的话音刚落，王宫内就一片混乱。
因为在发现佳塔失踪的时候，国王曾经

叮嘱过不要让王后知道，以免增加她的烦恼。其实，从发现佳塔失踪的那一刻起，国王就立刻亲自带领一班人马开始了秘密寻找，但他们搜遍了整个王国，都是徒劳无功。当王后发现自己唯一的女儿失踪了的时候，她先是碰到谁就对谁发火，紧接着就陷入了痛苦的沉默之中，然后就是哭泣，再然后就是接连几天不睡觉。最后，她做了自己能够做的可能最有用的事情：和国王一起出发去寻找女儿。

第三章

马林巫师的话

现在，让我们再次回到佳塔身边。她还在和马林巫师一起喝茶。

在久久凝视佳塔赠予的绿玛瑙之后，马林巫师又把它们还给了佳塔，他说："谢谢，我不需要这些，你不必付钱给我。我能够给你的只是话语，这是免费的。你可能不知道，我不再使用魔法了。对于相信魔法的人来说，现在的日子很艰难。这么说吧，现在几乎没有人再相信魔法了。也许这是正确的，真正的魔法存在于我们周围的事物里，而不是存在于粉末、咒语和蒸馏器里。你只是需要善于发现它们。"

"可是那位小老太太告诉我，你会运用白魔法，是善良的魔法师……"

"她是这样对你说的？"马林巫师笑了，"啊，啊！她说得也对。我现在是个厨师。我研究厨艺，为宴会准备餐饮，同时也得到报酬。厨师跟魔法师很像，不是吗？两者都是把一种东西变成另外一种东西。如果变不出好东西的话，那就不是好魔法。你看，这个蛋糕不是用来卖的，是完全为你做的。这是一个试验，我们一起来品尝一下。你还可以把它带走，在路上吃。孩子，这就是我能够给予你的一切了。我有一个建议：跟着你自己的心，你就会找到路的。"

"这话听起来好像是个谜语。"佳塔有点儿失望，"这么说，你不能帮助我了？"

马林巫师从一张小桌子里取出一面镜子。佳塔跳起来，也许这是一面诚实的镜子，也许正是她在寻找的那一面！她伸出手去拿它，马林巫师却摇摇头，把它放到了佳塔的眼睛前面。"你照照吧。看着你自己的眼睛，眼睛是最诚实的镜子，眼里闪动的就是隐藏在心底的真实的东西。亲

爱的佳塔，你的眼睛就像绿玛瑙，仔细看
着那里面，我看见了你的顽强、你想要帮
助你妈妈的热情以及强烈愿望。如果她能
在你的眼睛里凝视她自己，那么她看到的
将会是一个幸福的妈妈！"

"可是她不经常看我。"佳塔慢慢地说，同时把视线从镜子面前挪开了。

"她不知道自己忽视了多么美好的东西。但是你放心好了，你的目光里写着：你一定能够帮助她，即使没有魔法也一样。现在，请你原谅，我可不愿意把蛋糕烤煳了……"

巫师的试验很成功，蛋糕好吃极了。在他们一起品尝了一小部分后，马林巫师把剩下的蛋糕包起来交给佳塔，让她在旅途中安慰自己饥饿的肚子和孤独的心灵。

很遗憾，佳塔并没有从巫师那里得到她想要的魔镜。不过，巫师虽然没有变出魔镜，但他说的话却在佳塔的心里注入了一股新的勇气。她又出发了。她不知道自己要去哪里，但她相信自己一定能找到帮助妈妈的办法。

第四章

天空之镜

路上，佳塔遇到了另一位小老太太（老太太们总是懂得很多事情，或者认为自己懂得很多），她对佳塔谈起了天空之镜。

"人们说，天空之镜就在那上面，在卡特拉山脉的中间。"小老太太指着远方地平线上一条山脉中尖尖的顶峰说，"也许那就是最适合你妈妈的镜子。"

就这样，佳塔又朝着山脉的方向出发了。她拍了拍欧布拉的屁股，催它快跑。可大山永远是这样，当你在远处观望它的时候，好像只有几步之遥，但就是这几步却总也跑不到。佳塔用了十天时间才赶到大山的脚下，又用了十天时间才爬到山腰。在这里，她必须抛下欧布拉，因为到处都是岩石，小马再也无法往上爬了。她把随身携带的蜻蜓风筝展开，然后把风筝线系在自己身上，等待着起风。风带着她飞呀，飞呀，飞呀……最后，她终于飞到大山的上空，看到了下面的天空之镜。

那是一个圆形的小湖泊，就像一面镜子。湖泊周围岩石环抱，风吹不过去，所以湖水静止不动，湖面上完美无缺地映照出天空和飘在天空中的云彩，还有一个穿着玫瑰色衣服的女孩儿，悬挂在一只蜻蜓风筝上。

也许因为空气稀薄，也许因为地处高山，也许因为风和日丽，总之，圆圆的湖泊在岩石和野草形成的镜框里，纹丝不动，真是一面完美的镜子。

佳塔操纵着她不同寻常的飞行工具，在湖面上空滑翔了一段距离，轻轻地降落在岸边。然后，她探出身子，打量自己在水中的倒影。出现在她眼前的，是她记忆

中熟悉的面孔：土豆一样的小鼻子，圆圆的脸，面颊上点缀着几颗小雀斑。对了，这就是她，和从前一模一样。

她松了一口气。是的，这是一面完美无缺、诚恳真实的镜子。但她不能把妈妈带到这里来，只能想办法把镜子带给妈妈。她拿出水壶，把早先盛的泉水倒掉，然后把它浸入湖水中。湖水毫不客气地吞下她的手和水壶。当佳塔把盛满水的水壶拿上来时，水面立刻又合上了，没有掀起一丝波纹。

"现在回家。"她坚定地说着，把水壶斜挂在脖子上，操纵风筝随风起飞了。随着一股下降的气流，佳塔在小马欧布拉停留的地方稳稳着陆了。她从背包里取出指南针，找到一条最短的回家的路，然后骑上欧布拉，抱着洋娃娃米娜，带着自己宝贵的战利品，准备凯旋。

佳塔没有料到走最短的路要横穿一片沙漠。而且她还发现沙漠里没有水，一滴水都没有。（她从前不知道，因为小公主们不学习地理，她们的老师认为地理没用。）这里没有叶子，没有鲜花，没有树木，除了沙子什么也没有。

佳塔明白，她好不容易为妈妈找到了一面诚实的镜子，绝不能就这样渴死在沙漠里。所以，她决定每次渴了就只喝一小口天空之镜的水，只喝一点点，仅仅为了继续前行。另外，她每次还要把一小口水——很小的一口水给欧布拉，因为它长着毛发，也许比她更难受。很奇妙，天空之镜的水一直是那么清冽甘甜，能让佳塔和欧布拉精神焕然一新。就这样，每次喝一小口水，她勇敢地穿越了沙漠，直奔城堡的方向而去。

第五章

女儿的眼中之镜

不过，佳塔已经不需要着急回城堡了。因为与此同时，王后奥尔佳跟在国王身边，已经开始了寻找女儿的旅程。或者是巧合，或者是幸运，他们恰恰和佳塔走在同一条路上，只是方向相反。这样一来，王后和佳塔就不期而遇了。双方都是风尘仆仆，十分疲劳，但都非常激动，因为她们都有任务要完成：女儿要把诚实的镜子带给她的妈妈，而妈妈要不惜一切代价找到她的女儿。这是一个激动人心的时刻，拥抱、亲吻，亲吻、拥抱，脏兮兮的脸上流满了泪水。两双手互相寻找着，然后紧紧地握在一起；两双眼互相注视着，一直看到灵魂的深处。然后，整个世界都消失了，只留下她俩紧紧盯着对方，好像在互相倾诉许多重要的事情，却不需要言语。在王后奥尔佳和公主佳塔周围，人群欢呼雀跃，但她们什么都听不到。国王阿道尔夫被这样的拥抱和亲吻搞糊涂了，他望着她们母女俩，像傻瓜一样地微笑着，心都要融化了。

佳塔取出水壶，对王后说："妈妈，我为你带来了一件礼物。"然后又转向侍女们，"快点儿，你们拿一个水盆来！"一个侍女很快拿来一个镶嵌着宝石的洗脸盆。（和王后一起外出，侍女们总会带上许多无用的东西。）佳塔打开水壶，往盆里倒水。但壶里只掉下几滴水来，水太少太少，根本不能形成一面新的天空之镜。

"噢，我是多么愚蠢啊！我这个傻瓜、白痴，我把水都喝光了……你知道，在沙漠里……还有欧布拉也要喝水。不过，我们可以再回去。妈妈，很容易的，就在卡特拉山脉的中间，在那个地方，在北方，和南方相反的北方，我们马上就去。这

样，你就能有一面真正的镜子。那是天空之镜，它是完美无缺的，它说真话，你会相信你是最美丽的……"

王后马上想到的是，佳塔可能发烧了。"赶快，叫医生来！"她急切地喊道。但是国王走过来，对她说："不，你应该听她讲。她有一段精彩的冒险要讲给你听。"然后，他又对女儿说："佳塔，把一切都讲出来。别慌，不要激动，慢慢讲。我们很愿意听你说。"

于是，佳塔讲起了她旅途中的每一个细节，从奇妙博物馆里的魔镜到马林巫师的话，再到藏在深山里的天空之镜。所有的人都听得入了迷，就好像她在讲一个

72

童话故事。王后明白了，她的孩子出于对她的爱，历经了多少辛苦，克服了多少困难，而她以前沉迷于照镜子，又浪费了多少时光。就像马林巫师说的，在孩子的眼睛里照照自己，该是多么美好呀！

她这样做了，她在佳塔的眼睛里去寻找自己，她看到了让她无比幸福的东西——两只绿玛瑙般的眼睛里充满了温柔和忧虑，充满了对她的爱和担心。

这足以治疗她那愚蠢的虚荣心。她忘记了说谎的镜子，也不再需要镜子了，永远不需要了。

城堡里，薄薄的幕布慢慢从镜子上面滑下，没有任何人会想到再把它盖回去。

有那么多事情要做，不必为照镜子而浪费时间……

后来，就像所有的魔法一样，随着时间的推移，女巫的那个镜子魔法也失效了。而女巫呢，忙着在这里那里施展新的邪恶咒语，也忘记去修补旧的魔法。所以，王国里的镜子又逐渐恢复真实了。但是王后已经懂得，说真话的镜子也并没有那么重要，比起整天照镜子，有许多更好的事情值得去做。比方说，她要和自己的女儿待在一起，要和国王待在一起，要一起去探索他们的王国。这个美好的世界，需要用自己的眼睛仔细观察，也需要从所爱的人的眼睛里去欣赏。

尾 声

奇妙博物馆

小公主佳塔没有忘记，在为妈妈寻找诚实之镜的过程中，某一天，她曾经向某个人（具体说是某个物品）许下了一个诺言。于是她在国王和王后的陪伴下，又回到了奇妙博物馆，把《白雪公主》里的魔镜从那里解救了出来。王后觉得这面魔镜很吸引人，它有高贵的历史，也有阴暗的过去，所以王后想在城堡的画廊里为它找一个合适的位置。可问题是，其他的魔法物品也希望得到解救。这些可怜的东西！佳塔很同情它们，向爸爸妈妈求情，想要为它们做些事情。

就这样，奇妙博物馆被整个儿搬进了城堡。又丑又脏的小矮人换上了崭新的制服，衣袖上有镀金的袖章，入口处还配有一个新造的门票打孔机。

经过一番精心改造，奇妙博物馆远近闻名，吸引着邻国的人们前来。在博物馆的中心，天蓝色大理石底座上，安置着一个水晶盒子，盒子里有一只小金碗，金碗里闪烁着一面非常小的水镜——就是佳

塔穿越沙漠之后，从水壶里倒出来的几滴天空之镜的水。也许这几滴水不够照出整个人影，但这面小小的天空之镜永远说真话，照出来的形象永远清晰而准确。盒子下面的卡片上，镀金的文字记录了那些高山上诚实的水滴是如何来到这里的故事。

这个故事就是佳塔之前讲给她爸爸妈妈听的那个故事。它就像个童话。也许它当时就是个童话，也许现在也是吧……

勇敢的非凡女孩：佳塔

自信的非凡女孩：梅达

机智的非凡女孩：乌玛

独立的非凡女孩：伊莎贝

坚强的非凡女孩：库莎

宽容的非凡女孩：安吉拉

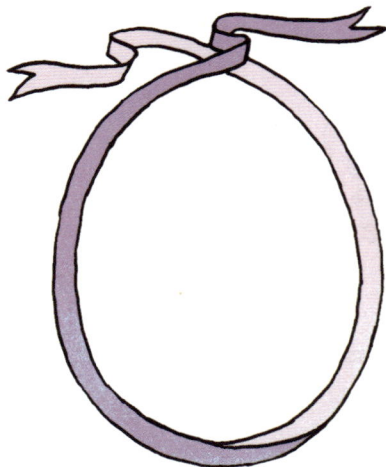

_____的非凡女孩：_____

在丝带里画上你的自画像吧，你和她们一样！

非凡女孩

自信的梅达

大脚丫闯世界

[意]贝亚特丽斯·马西尼 著

[意]德西德里亚·桂西阿迪尼 绘

彭倩 译

上海社会科学院出版社
SHANGHAI ACADEMY OF SOCIAL SCIENCES PRESS

图书在版编目（CIP）数据

自信的梅达：大脚丫闯世界 /（意）贝亚特丽斯·
马西尼著；（意）德西德里亚·桂西阿迪尼绘；彭倩译
. -- 上海：上海社会科学院出版社，2024
（非凡女孩；2）
ISBN 978-7-5520-4401-0

Ⅰ.①自… Ⅱ.①贝… ②德… ③彭… Ⅲ.①儿童小
说—短篇小说—意大利—现代 Ⅳ.①I546.84

中国国家版本馆CIP数据核字（2024）第103474号

© 2010, Edizioni EL S.r.l., Trieste Italy on *La bambina dai piedi lunghi*

上海市版权局著作权合同登记号：图字 09-2024-0382 号

自信的梅达：大脚丫闯世界

著　者：［意］贝亚特丽斯·马西尼
绘　者：［意］德西德里亚·桂西阿迪尼
译　者：彭　倩
责任编辑：赵秋蕙
特约编辑：李虹霞
装帧设计：乔雅琼　任伟嘉　盛广佳
出版发行：上海社会科学院出版社
　　　　　上海市顺昌路622号　　　　邮编200025
　　　　　电话总机 021-63315947　　　销售热线 021-53063735
　　　　　https://cbs.sass.org.cn　　　E-mail: sassp@sassp.cn
印　　刷：北京汇瑞嘉合文化发展有限公司
开　　本：889毫米×1194毫米　1/32
印　　张：2.75
字　　数：19千
版　　次：2024年7月第1版　2025年5月第6次印刷

ISBN 978-7-5520-4401-0/I · 530　　　　　　　　定价：118.00元（全6册）

版权所有　翻印必究

梅达的档案

爸爸：阿菲奥

妈妈：梅丽娜

特殊标志：一双大脚

最喜欢的游戏：走钢丝

最喜欢的动物：山羊

最喜欢的食物：薄荷糖

幸运色：红色

幸运物：小脚印吊坠

理想职业：帆船运动员或滑雪运动员

有时候，爸爸妈妈们会忘记我们这些孩子的本来面目，希望我们非比寻常。他们想象中的我们，更优秀、更认真、更出众，或是更冒失、更胆小、更糟糕……他们就是看不到我们本来的样子，总是按照自己的想法对待我们。有时候，爸爸妈妈们应该知道，其实他们也与我们所希望的不一样。但不同的是，我们这些小孩通常不会告诉他们。要不然，他们就会太难过了……

梅达

目 录

献给一位来自意大利法诺的小女孩儿。

五月的一天，

我在一座废弃的教堂与她相遇。

她是我见过的脚丫最大的小女孩儿。

她脚上的那双白鞋，

并不适合她。

来自法诺的有趣的大脚女孩儿，

愿你的双脚可以带你走向远方。

引 子

独一无二的女孩儿

其实，书名已经揭开这个故事的序幕了：从前有一个小女孩儿，她长着一双与众不同的大脚丫。要是她生在我们这个时代、这个国家，相当于她八岁就穿三十八码的鞋子了，这可是成年女性的鞋码。但这个故事发生在另一个时代、另一个世界，用他们当时的说法，就是她才八

岁，脚就有一竹竿长了。很显然，这不过是打个比方，因为竹竿是很长的杆子。总之，我们大概可以了解这个情况——这个女孩儿有一双一竹竿长的大脚，她的名字叫梅达。亲爱的小读者，你们是不是已经猜到会发生什么了？接下来，我们的故事就要讲梅达的一双大脚丫怎样引起了巨大的麻烦。不过，也不一定是这样。一双大脚可能会是个大麻烦，但也可能不会。它们会让人尴尬，但也可能适合冒险。它们会引起不便，但也会让人独一无二。

第一章

大脚丫带来的烦恼

梅达是一个性格开朗的女孩儿，留着鬈发，戴着绿色的玻璃眼镜。她的个子不高不矮，身材不胖不瘦。只不过，正如我们从前面知道的，她的脚长得很古怪，这给她日常生活带来诸多不便。比方说，梅达不愿意参加校园里的游戏，也不想在下午和其他孩子一起玩，因为有些游戏需

要跑步，而她经常被绊倒。这有点儿像你
需要踩着滑雪板去跑步，除非你是根本没
有生活经验的小不点儿，不然你不会这样
尝试。她就算走路，也总是摔跤。她只要
一忘记自己的脚，分心去想想别的事情，
一只脚立马就会绊在另一只脚上。扑通，
她就这样趴在地上了。绿眼镜的玻璃镜片

相当厚，这样她摔倒时，镜片就不至于总被摔裂。不过，她的膝盖就没那么幸运了，那里的皮肤总是被擦破，甚至流血。为了避免总是摔伤，梅达就得像打排球的女孩儿那样，戴着软垫护膝。她飞着跌出去时，胳膊肘也容易划伤。不过护膝可以藏在裤子底下，护肘却藏不住，所以大部分时间，她都把护肘留在家里。结果，她的胳膊肘常常结痂，让她总想把它们抠下来。

我们可以想象一下：梅达长着一双像滑雪板一样长的脚，由于戴着护膝，她走路时，双腿会不自觉岔开。她用两只手交叉护住胳膊肘，一边走，一边抠伤口上的

结痂。有时，看梅达走路，简直就像在看一出活生生的滑稽戏。

更别说看她上舞蹈课了。为了让女儿们变得更优雅，身材更好，妈妈们总是喜欢给她们报舞蹈或艺术体操课，梅达的妈妈也不例外。但麻烦来了，首先，没有适合梅达穿的芭蕾舞鞋，这个还好解决，鞋匠可以专门为她制作一双。其次，她根本没法驯服那双长脚，强迫它们摆出芭蕾舞那些优美的姿势，没法让它们听使唤。这双脚似乎有自己的想法，总做自己想做的事。在芭蕾舞课上，这双脚让她比平时更频繁地绊倒和摔跤，还摔得更严重。尽管教舞蹈的老师很和蔼，小心翼翼地不让

梅达感到难堪；但班上其他女孩子就不一样了，她们总是嘲笑她，虽然她们都是用手捂住嘴偷笑，企图像芭蕾舞演员那样优雅，但这仍然能让人一眼察觉。

不过，梅达并不在意同学们的嘲笑。她的心像气球一样轻盈，那些不友好的笑声并不会伤害到她。每次跌倒，她都会立刻爬起来——她已经学会像局外人一样看自己——还会自嘲，因为从别人的角度来看，她的姿态真的很搞笑。宽广的心胸让梅达成为一个与众不同的女孩儿，任何人和她在一起总是会很开心。

真正烦恼的是她的爸爸妈妈。他们为女儿的一双已经很大却还在不停生长的大

脚苦恼不堪，坚信它们会给梅达带来越来越多的麻烦。他们甚至担心女儿长大后嫁不出去，因为她的大脚丫是如此笨拙和可笑，肯定没人想要娶她。他们不停地带她去看名医或江湖医生，想找出一种可以缩短她双脚的妙方，或者至少能阻止或减缓那可怕的生长速度。梅达耐着性子，任凭他们给自己的双脚涂上臭得要死的草药，

裹上浸着恶心油脂的绷带，用刺痛皮肤的药膏来按摩。因为她明白，父母这么做都是为了她好。她也曾试图向他们解释，自己这样很好，但他们似乎无法理解，她只好放弃了。

有一回，一个穿着黑衣服的奇怪女人建议她倒立着睡觉，这样就可以阻止血液滋养双脚的生长。爸爸妈妈把床垫垂直固定在墙上，可怜的梅达必须这样背靠着垫子，头朝下、脚朝上睡觉。坚持了一个月后，她的家里人才意识到这样做毫无用处。

还有一回，一位医生建议他们试试中国古代女子裹脚的方法——将脚趾窝到脚

心，用一条长布紧紧包扎起来。这样脚趾
就习惯了折叠在脚底下，双脚的长度也跟
着变短了。但这样做会让双脚受多大的罪
啊，梅达干脆利落地拒绝了。

　　他们看了无数次医生。有一次会诊
后，梅达正在穿鞋袜，听到那位医学教授

低声对她父母说:"我建议用外科手术解决。"据说这样确实能解决大脚的问题。梅达很清楚外科手术意味着什么——手术刀、鲜血、绷带、缝线和疼痛,她绝对不要承受这样的折磨。所以,她果断做出了一个决定:离家出走。

第二章

独自探索世界

"**逃**跑"这个词总让人想起鬼鬼祟祟的动作、黑暗中的沙沙声，还有奔向陌生的地方。可问题是，梅达不能跑，要不然一不小心她就会摔趴下，然后很快被发现，接着被带回家。所以，那天夜里，她想了个办法。她把一根绳子的一头固定在床头板上，另一头从窗户甩出去。忘记说

了，她的房间在三楼。做好这一切后，她顺着绳子往下爬。终于落地了，她小心翼翼地走着，尽量不让鹅卵石啪啦作响，不让双脚互相绊到。

有一件事还没说，梅达的皮靴也是专门定做的，因为爸爸妈妈买不到那么大的童鞋。那天晚上，她挑了一双很喜欢的软靴子，不过是黑色的。爸爸妈妈总给她选深色皮鞋，说深色不显眼。他们从来不让梅达穿那些粉色、蓝色或闪闪发光的芭蕾舞鞋，因为那会让她的大脚丫太过醒目。

第二天，梅达已经远远地离开了她的家，到达另一个城市，她做的头一件事就是请鞋匠把她的靴子刷成火红色的。"真

奇怪，"鞋匠评论说，"这样的靴子，我只
在童话书中见过，都是穿在猫、妖怪或者
魔鬼的脚上的。"不过对鞋子的尺码，他
只字未提。梅达光着脚，站在凳子上，等
待鞋匠把她的靴子漆上华丽的颜色。

她有一双这么长的脚，又在这么短的时间里就走了这么远的路，还真有点儿像鞋匠说的那些猫或者妖怪。梅达很为自己感到自豪。这种自豪感很重要，因为关于这次离家要去哪里，去做什么，梅达一点儿想法也没有。她随身携带的背包里只塞了几枚金币和银币、几件干净的衣服，还有一个幸运符。这个幸运符是一位风趣十足的叔叔送给她的，是一个用皮绳挂着的小脚印吊坠。等鞋匠上色的时候，她把它挂在了脖子上。除此以外，可以说她一无所有。不过，梅达很平静。她知道逃往未知世界时，有一点非常重要：不能太过激动。

钱造出来就是用来花的，消耗几枚钱币给皮靴涂色，然后穿着它们开开心心地去周游世界不是很好吗？反正在生活中，钱流动得非常快，很快就会被花光，这几个钱也干不了什么大事儿。嗯，至于小脚印吊坠，挂在一个长着一双大脚的小女孩儿的脖子上，确实有点儿滑稽，但那又怎样呢？梅达给鞋匠付了钱，穿上已经刷成火红色的靴子，再次出发了。她小心翼翼地走着，避免掉进水坑里，也防止靴子被石头刮伤。这双靴子就是她的标志，那么活泼鲜艳，那么惹眼，仿佛在说:"请看看我，我有一双大脚丫，那又怎样？我是独一无二的。"

第三章

马戏团新星

梅达走过几个村庄之后，遇到了一辆停在草地上的小篷车——这是一个巡回演出的马戏团。她试图说服马戏团团长带着她一起，这样他们会挣很多钱。她几乎不用张嘴，那双火红色的皮靴就已经替她说定了。马戏团团长确信，梅达的表演将会大获成功。

　　马戏团的孩子们立即忙活起来，为她腾出一块地方，让她专门排练与脚有关的节目，比如：用长长的、优雅的大脚趾在沙子上写字；把脚趾卷起来敬礼；让三个小孩子叠罗汉，搭成一座人形金字塔，梅达用脚掌把他们举起来。梅达最精彩的节目是走钢丝。她的大脚丫很擅长抓握，就像猴子的脚一样。梅达站在用两根杆子拉紧的钢丝上，保持着平衡，发现自己做得得心应手。要是真的摔倒了，她也会用那双坚固的大脚丫稳稳地着地，根本不会跌落到沙子里打滚。

　　不过最棒的事情是，梅达第一次交到了朋友。马戏团里的孩子们从来没有取笑

过她的大脚，相反，他们非常尊重她，甚至还有点儿嫉妒她，不过那是一种很友好、带着善意的嫉妒。表演叠罗汉的三兄弟，祖祖辈辈都是杂技演员，最小的那个身体像球一样柔软而有弹性。他甚至来问梅达，用什么方法可以让脚变大，是不是需要做一种特殊的体操，或者吃一种特别的药物。他说："我真的特别想拥有一双像你这样的大脚，这样我就可以表演出特别精彩的节目。"梅达只能耸耸肩："我生来就这样。"

梅达跟这三兄弟一起表演节目，所以和他们特别亲近。他们没有妈妈，梅达比他们大，就像大姐姐一样照顾他们。晚上，她会哄他们睡觉，给他们讲故事。在训练间隙，她就教他们制作饼干，给他们烤蛋糕吃。她还当队长，带着他们去附近的树林里探险。梅达很擅长爬树，她教他们从一根树枝上跳到另一根树枝上，发明了很多冒险游戏。他们总是对她说："你是我们的好姐姐。"听到这句话，梅达非常开心。

梅达坚持不懈地排练节目，很快就登台亮相了，结果表演大获成功。观众从没见过一个女孩儿会这样巧妙地利用自己的一双大脚，既能在钢丝上跳舞，还能做出许多高难度动作。这个节目很快成了马戏团的保留节目，在一个个村庄、一座座城

市巡演，所到之处一票难求。

梅达已经成为马戏团的新星，各地报纸纷纷报道并盛赞梅达的演出。她开始害怕了，担心有人会把马戏团新星和那个离家出走的大脚小女孩儿联系起来，把她抓回家。所以，她知道自己必须离开了。一天晚上，趁着叠罗汉三兄弟熟睡时，梅达心情沉重地收拾好小背包，悄无声息地从小篷车里溜走了。临走之前，她把那个小脚印吊坠挂在了三层床的把手上。这是除

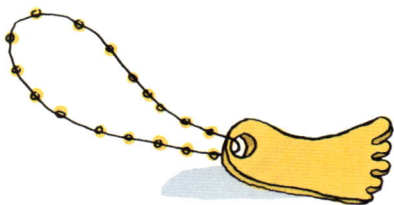

了回忆之外，她唯一可以留给三兄弟的东西了，他们就像自己的亲弟弟一样。她会永远记住那些美好的时光。

第四章

河上的摆渡人

最开始，爸爸妈妈发现梅达失踪以后，非常着急，便委托了一位私家侦探寻找失踪的女儿。但是私家侦探迟迟没有回音，他们一着急，便锁上家门，亲自出发去找女儿了。可是出了门，他们才知道外面的世界那么大，要找女儿无异于大海捞针。虽然梅达有一双大脚丫，但她一路上也没留下什么踪迹。

　　那天的发现，纯粹出于偶然。找了很
久都没找到女儿，梅达的爸爸妈妈心中很是
绝望，想休息休息，转移一下注意力，看一
场让人放松的表演。万分幸运，他们走进了
梅达待过的那个马戏团。叠罗汉三兄弟出
场了，老三正站在人形金字塔的顶端。梅
达的爸爸妈妈一眼就认出他脖子上挂着
那个金色小脚印吊坠，它是那么显眼，闪
闪发光。他们感到愤怒、惊愕，又带着几
丝恐惧。"所有人都停下，抢劫！"梅达的
爸爸站在人群中喊道，没有意识到自己说
了一些荒谬的话。他其实想说，有人劫持
了梅达，但一着急反倒把自己说成了劫匪。

老三吓坏了，在罗汉塔顶上摇摇晃晃。观众们四散而逃，尖声叫喊，场面一片混乱。马戏团团长勃然大怒，他三步并作两步冲到梅达的爸爸面前，抓住他的衣领，吼道："你这个笨蛋抢劫犯，竟敢破坏我的演出？你都没带武器！"梅达的爸爸反过来冲他大喊道："如果这里有抢劫犯，那就是你！我女儿在哪里？你对她做了什么？快把我的女儿还给我！”同时，他用手指着老三脖子上的小脚印吊坠。

事情慢慢水落石出，叠罗汉三兄弟争先恐后地告诉梅达的爸爸妈妈，梅达多么优秀和善良，她那双奇妙的大脚多么灵巧、多么与众不同。

“嗯，没错，就是这点很与众不同。”梅达的妈妈低声说道。

“她的大脚确实与众不同。”她的爸爸随声附和。

爸爸妈妈把梅达和她那双大脚丫的故事慢慢讲了出来，既是因为压抑太久，太想找人倾诉，也是因为对梅达心怀愧疚。

大家聚精会神、津津有味地听着，不时发出叹息声。

"我们喜欢与众不同。"听完后，那个在炮弹表演中充当发射器的大婶说道。

"我们必须与众不同。"一个很瘦的男子说道。他身材细长，瘦得可以塞进所有的缝隙。

"要是我们都一样，都是平均身高、平均体重、能力相同，那我们就完蛋了。"马戏团团长意味深长地说。

"你说得没错。"梅达的父亲争辩道，"但这是马戏团，你们必须得奇特点儿才行。但对普通人来说，还是正常些更好……"

"不对！"大家异口同声地说。

"当普通人很无聊！"叠罗汉三兄弟中的老大补充道。

"特殊才有趣！"叠罗汉三兄弟中的老二说。

梅达的父母你看看我，我看看你，最后妈妈轻轻地说道："也许你们是对的。"他们多少还有点儿怀疑，但大体上几乎可以确定了。

第二天早上，他们离开了。他们迫切想找到奇特的女儿，决定从今往后再不嫌弃她的大脚，爱她本来的样子。

这时，梅达正用她的大脚丫一路奔波着。最后，她来到了一条大河边。河面十分宽阔，就像一个湖面，对岸隔得很远。她先脱掉红色靴子，接着脱掉袜子，尝试用手提着靴袜，蹚水过河。对她来说，这是轻而易举的事情。她那双光着的大脚丫，就像青蛙的蹼、睡莲的叶子，能稳稳地浮在水面上。如果双脚迅速移动，她的身子甚至不会往下沉。

当到达对岸时，她正好遇到一群住在河边村庄的居民。

"看啊，这个女孩儿太厉害了！"

"她就这样过河了，轻盈得像一只蜻蜓！"

"也像一只蜉蝣！"

"我从没见过一个人可以像她这样在

33

水面上奔跑！"

"唉，如果我们也能像她那样，轻轻松松可以到对岸去，就可以每天进城去卖蔬菜和水果了！"

"事实是我们必须等渡船才能过河。那个摆渡人在好几个地方做生意，所以每个月只能来两次！就是因为这样，我们才这么穷！"

"喂，小姑娘，你能在这里住下吗？"

"你能帮助我们过河吗？"

"只要一只木筏就足够了，木筏上一次坐一个人，你只需要在水面上拉着它奔跑。"

"如果这样，我们所有的问题就都解决了！"

梅达听到这些人传来热烈的欢呼声和喜悦的叫嚷声，终于听懂这群人说的话了。这些可怜的穷人需要她的帮助，她明白，自己的逃亡之旅得停一停了。

"那好吧，我留下来，"她说，"至少会待一段时间。"

于是，村里人忙着建造出一只漂亮的大木筏，并在木筏前面绑上两根结实的绳子（就像大背包的两条背带一样），套在梅达的肩膀上，这样她就能把木筏拖到河对岸去。当然，梅达也需要接受一些训练。首先，她需要测试木筏的载重量，因为要是装的东西太重，她就跑不动，双脚也会下沉。她还要调整好在河面上移动的最佳速度，以及熟悉河道里的漩涡和暗流，以便能在水面上顺利通行。最后，梅达决定一次只拉一个村民和他的一车卷心菜、胡萝卜、土豆、生菜以及鲜花等。

事实证明，这法子很好。有梅达拉着，木筏不会沉到水里，村民和货物都可以过

河了。每次村民过了河，到城里的市场去卖菜时，梅达就在岸边等着他回来。在等待的时间里，梅达学会了用柳条编篮筐。她把柳条筐交给一位农妇去卖，卖的钱两人平分。这样，梅达既帮助了别人，也为自己挣了点儿钱。集市一结束，她就载着村民过河回家。第二天，轮到下一个村民过河。为了回报梅达，村民们把河岸边一座废弃的房屋打扫干净，布置一新，让梅达在劳累了一天后，有个地方好好歇息。

由于新鲜水果和蔬菜的销路很好，村民们很快就富裕起来了。他们修建了新的房屋，买了新衣服和新家畜，甚至还有了钱聘请老师来教孩子们读书写字。

有一天，河上来了一位真正的摆渡人。"我知道这儿有活儿干，"他说，"我身体很强壮。只要你们给我准备一间小屋，再提供一些蔬菜和水果，我就愿意留在这里工作。"

村民们原本不想搭理他，因为他们对梅达非常满意。正是由于她的热情相助，他们的生活才发生了翻天覆地的改变，他

们当然不想另请他人。但梅达说："我该离开了，现在走正是时候。别担心，这样做对每个人都好。"于是她告别了那些善良的村民，再次踏上冒险之旅。

与此同时，梅达的爸爸妈妈一直在找她，但别人给的总是"假"线索。一次，他们听别人说，在一个村庄里，有一个奇特的小女孩儿，她有一双大脚，可以拉着木筏在河面上滑行。他们立刻直奔村庄而来。但当他们赶到那儿时，梅达已经离开三天了。现在梅达走得非常快，她那双大脚走三天，就相当于普通人走了十五天。这样，梅达又把爸爸妈妈远远甩在身后了，他们还是不知道她去了哪里。

第五章

荒岛遭遇海难

说实话，梅达也不知道该去哪里。她只知道，自己的内心依然很痛苦，但仍然不想回家。她非常想念爸爸妈妈，不知道爸爸妈妈是不是很伤心。也许他们不会伤心，说不定还很高兴，因为他们终于摆脱了她这样一个奇特的女儿……于是，梅达决定继续她那孤独的旅程。

走啊走啊，她发现自己来到了海边。
她以前从没见过大海，因为她的家乡离
海很远。她一下就着了迷，久久地凝视着
浩瀚无垠的大海。海水在她的脚下翻滚嬉
戏，像一只温柔的小狗，舔着她的脚踝。
她自言自语："既然我能在河面上行走，
也应该能在海面上行走，对吧？"于是她
决定下海试一试。

梅达发现，她的那双大脚丫在海上就
像冲浪板，并且海水比河水浮力大，更利
于她在水面上通行。大风把她的斗篷吹得
胀鼓鼓的，她用手拽着斗篷的两个角，想
把斗篷拉回来，结果斗篷变成了风帆。梅
达迈着稳健的双腿，在海浪上滑行起来，

以前她可从未这样做过。她一路踏着海浪，疾速前行。浪花溅起来打湿了她的衣服，海风吹着她的头发，太阳晒着她的脸颊，这一刻，梅达感到前所未有的自由和快乐。她告诉自己，自己的大脚丫是一个真正的奇迹，能让她做出这样了不起的事情。

一小群人聚集在海岸边，惊奇地发现一艘非常奇怪的帆船乘风破浪，飞速地驶向地平线。"我告诉你们，那是一个女孩儿。"一个小男孩儿笃定地说。他是第一个发现梅达的人，后来他又招呼其他人过来看。

"像船一样的小女孩儿？"

"一只女孩帆船？"

议论声铺天盖地。有人哈哈大笑，有人颔首微笑，有人沉默不语，还有人心生嫉妒。能像鸟儿一样轻盈地在海面上飞驰，这是多么美妙啊……

亲爱的小读者，看到这里，你是不是想问，这和我们的故事又有什么关系呢？

当然有关系，因为不久以后，梅达的爸爸妈妈到处找不到女儿，绝望地来到海边时，会有很多人跟他们说，确实看到过一个奇特的大脚女孩儿在海面上飞驰……不过这是后来的故事了。现在我们还是来说说在水上滑行的梅达吧。

很快，海岸变得越来越远。梅达转身看海岸，仿佛那只是用淡蓝色铅笔画的一条线。她的前面是什么呢？大海，大海，只有大海。梅达没想到大海会这么广袤。她享受着微风拂过头发，感受着阳光洒在脑袋和脸颊上，听着空气里的嘶嘶声，她紧紧攥在手心里的斗篷也随着风咯吱作响。过了很长时间，她感觉累了，很希望能坐下来休息一会儿。显然，这不太可能。也许，她只需要放开斗篷的衣角就可以停下来，但接下来会发生什么呢？她会继续浮在海面上，还是会慢慢地沉下去？还是不要冒险的好。所以，尽管梅达已经筋疲力尽，但她还是决定咬紧牙关，再坚持一会儿。大海总得有尽头的吧，对不对？

哦，是的，当然会有尽头。如果梅达用斗篷充当风帆，继续这样快速滑行，还需要十六天十六夜才能靠岸。这当然是不可能完成的旅程。幸好，她不知道这一点，否则她肯定会绝望透顶，说不定还会做出一些傻事，比如号啕大哭，然后失去平衡掉进海里。好在她浑然不知，满怀希望地继续前行，努力保持双腿的稳定。她的付出得到了回报，地平线上渐渐出现了一个蓝色的"气泡"。她逐渐靠近，眼前慢慢清晰起来，原来是一座像小山一样的小岛，上面长满了茂密的树木。

她又坚持了好一阵子——这段时间对她来说可要好受多了，因为希望就在眼前——梅达的脚终于轻轻地落在了岸边温暖的白色沙滩上。现在，她能够松开斗篷的衣角了。她转动着胳膊，拉伸手臂放松。她想朝前迈一步，但她的双腿很僵硬，仿佛失去了知觉。

梅达就这样坐在海滩上，任由细细的沙子从脚趾间滑过。她的双脚逐渐在沙子

里越陷越深，挖出长长的沟壑。小岛真是
一个美好的地方。梅达十分疲惫，平静地
躺在沙滩上，在海浪的拍打声中睡着了。

有时，睡眠真是灵丹妙药，它可以消
除疲劳，赶走消极想法，帮助我们恢复
神气，让我们重新充满希望。梅达一直睡
着，不知道夜幕的降临。夜深了，天气渐
渐转凉，她只是把自己紧紧地裹在斗篷
里，连眼皮都没抬一下。

第二天黎明时分，太阳给大海镀上了
一层金色，给梅达的脸颊、身体带来了阵
阵温暖，她才醒了过来。要是她仔细观察
一下四周，说不定会感到绝望，因为她就
像遭遇了海难，流落到一座荒岛上来了。

所以当时的她全然不知，只当这是她离家出走后需要经历的生活，是这场新奇冒险中的一个新起点。她苦笑着回想起舞蹈课上受到的嘲笑和折磨，苦涩地回忆起长久的就医经历和医生们荒唐的手段。一切都那么遥远，好像从没有发生过。现在，她面对的是新的一天，一个等待她去探索的新地方。

可惜这座岛实在太小了，梅达只花了一个小时就游遍了全岛。但她发现，小岛的山顶上有清凉的泉水，乔木和灌木丛上结满了色彩缤纷、奇异美味的水果。她还看见一头浑身雪白的小山羊。小羊向梅达走来，就好像是她的旧相识，还把小脸埋在她的手掌里。山羊给梅达带来了新鲜的羊奶，她总算可以犒劳自己，美餐一顿了。

　　梅达开始了一段宁静的时光，虽然有点儿单调，因为在一个小时就能绕一圈的岛上，实在没有太多事情可做。好在树上和地上都开着奇怪的花，梅达喜欢将它们收集起来，然后编成花环。后来，她花了整整一周的时间建造了一间小木屋。倒不是真的需要住的地方，因为小岛上很温暖，但能在房子里休息总归是件让人开心的事。再后来，她用鞋子拍打沙地，尝试教山羊数数。山羊非常聪明，一学就会，这让作为老师的梅达很满足。时不时地，她还是会绕着小岛在水上滑行，这是为了

让自己保持滑水的能力。

在岛上，梅达有足够多的时间来思考和幻想，这两件事她都很擅长。她思考着自己生活的奇特之处，只要她和父母在一起，她就像是一个被束缚着的囚犯。自从离家出走后，她变得自由，令人惊奇，充满冒险精神。所以，她渴望着过另一种生活，一种爸爸妈妈愿意接受她本来的样子、不再焦虑不安的生活。他们不会总盯着她的脚，会做其他爸爸妈妈和女儿们喜欢做的事情，比如嬉戏玩耍、四处转转，或干脆宅在家里平静地做游戏。总之，她想要的就是一家人相亲相爱，没那么多烦心的事儿。但她一次也没有想过，如果她有一双正常的脚，那该多好。她是对的，因为如果生来就是这样，却要不切实际地去幻想那些不可能的情况，又有什么用呢？就让我们面对现实吧！而且梅达对自己的大脚十分满意，正是这双大脚丫，带着她走向了一个个神奇的地方。事实证明，它们是有用的旅伴，让她发现了她从未梦想过的世界。

但是，日复一日，在岛上的日子过于单调，梅达开始厌倦这样的生活了。她想离开了，去寻找新的地方，开始新的冒险。接下来发生的事情，让她更坚信了这一点。一天早上，一个瓶子被冲上了海滩，瓶口被软木塞封住了。透过深色玻璃，她隐约看到瓶子里装着一张纸条。

梅达打开瓶子，多么希望那是一张藏宝图，也许她就能找到藏在小岛上的珍宝。她展开那张纸条，发现那根本不是地图，居然是一封写给她的信。

亲爱的女儿梅达：

　　无论你身在何处，如果你看到这封信，请立刻回家。爸爸妈妈很想念你。我们听说了你一路上做的所有好事。爸爸妈妈想明白了，我们之前错了，不应该那样对待你。我们爱你的全部，包括你的一双大脚，我们迫不及待地想再次拥抱你。

　　　　　　　　　　你的爸爸和妈妈

　　这是一封温暖感人的信，看得出来是爸爸妈妈发自内心的真话。但梅达还没准备好回去。另外，这封信中有一件事让她很不喜欢，那就是——他们还是特别提到了她的大脚。毫无疑问，她当然希望爸爸妈妈爱她的全部，但是如果他们真正接受了她的大脚丫，把大脚丫视为她不可或缺的一部分，就不会专门提起。所以她觉得，与爸爸妈妈团聚的时机还没到。

　　后来有一天，她看到地平线上出现一个白色的小斑点，当它越来越近时，斑点变成了一艘大船。她担心爸爸和妈妈就在船上。于是，她告别了小山羊，抓起斗篷衣角，滑入海水中，并向远离大船的方向出发。既然这儿能有一座小岛，那么在其他海域也能有另一座小岛，对吧？

好吧，咱们得说梅达这次冒了很大的风险。大海浩瀚无垠，有时可能航行好几天，甚至好几周都看不到岛屿。但她很幸运。仅仅几个小时的滑行后，她就在一片新的海滩上登陆了。这儿不再是一座荒岛，而是一片繁华的新大陆，有很多人居住在这里。一群好心人围着梅达嘘寒问暖。因为看到她在风中滑行，害怕她感冒，一个阿姨拿来一条毯子搭在她的肩上，让她赶紧把自己裹起来。另一个阿姨用她听不懂的语言跟她说着什么，在意识到梅达没听明白后，她又着急地用手比画

着，指示她跟着自己。她把梅达带回家里，让她在一间漂亮的客房里休息。精疲力竭的梅达喝下一大杯热牛奶后，睡意袭来，睡眼蒙眬中她想起：这里怎么没人注意到她的大脚？真是奇怪！要不是她确实太累了，否则她还会发现更令人惊讶的事情——在这个说着另一种语言的国度，每个人都长着一双大脚，跟她的大脚丫一模一样。

第六章

大脚国里的普通女孩

梅达美美地睡了一觉，洗了个香喷喷的澡。留宿她的热心阿姨给她找了几件干净的换洗衣服。梅达走出热心阿姨的家门，想看看自己在这个陌生的国度可以做点儿什么。梅达走上街头，路人见到她都纷纷弯下腰，指着她的火红色靴子。虽然红靴子被海水浸泡以后，有一点儿褪色

了，但仍然很漂亮。他们交头接耳、议论纷纷，好像在说:

"没错，这就是昨天来的那个小姑娘。"

"她的红色靴子真漂亮啊！"

"虽然我们听不懂她说的话，但是她应该成为我们中的一员。"

这里的孩子，即使是年龄很小的孩子，也都长着一双类似于脚蹼的大脚丫。大人的双脚则相当大，他们以一种优雅的姿势跳跃前进，绝不会被自己的大脚绊倒。梅达很欣赏这种走路方式，也尝试着学习。刚开始她不太会跳，好几次都摔倒在地上。但渐渐地，她越来越行走自如。

在这里，没有人觉得大脚是个麻烦。他们开设了古典舞和现代舞学校，还有很多精美的商店出售五颜六色的长皮鞋。这里的鞋匠手艺精湛，做出的大脚皮鞋穿起来十分舒适，鞋店的生意也很兴隆。总

之，这里的一切都很正常，以至于梅达感到了一丝小小的失望。以前，不管她走到哪儿，都会被众人围观。可是在这里，他们为什么没把她当成来自异国的怪人呢？难道他们不认为她与众不同？或者，他们不敢大声说，只是暗暗讨论她？

不，不是这样的。显然，这里的每个人都知道她的到来，他们微笑着跟她打招呼，送给她香甜的三明治、糖果和饼干。梅达朝港口边的海滩走去，看到一群孩子在用双脚冲浪，就像她之前在海上滑行那样。很明显，对他们来说，这不过是一场平常的游戏，没有任何人觉得惊奇，或者非比寻常。不同之处在于，他们披着五颜六色的帆布，并套在胳膊上固定，就像背着一个大型轻便背包。帆布在风中鼓起来，类似于降落伞或风筝，帮助他们在海面上快速滑行，只是在转弯时需要收一收，降低速度。

在这里，梅达很快发现大脚丫还有很多奇妙的用处。这些用处她之前都没想到，但在这里可以愉快地练习。比方说，大部分人不再正常行走，而是像袋鼠一样跳跃前行，真是一种原始的出行方式。还有一些人非常擅长踢球，这种球的规则有点儿特殊，需要先将球放在脚背上保持平衡，然后将球抛起，用鞋尖击球。谁保持平衡的时间最长，谁就

可以为球队得分。还有些人可以在建造
房屋所用的脚手架上，毫不费力地爬上
爬下，显然这是因为他们的脚板长，在
脚手架上更容易保持平衡。不过为了安
全起见，他们还是系着安全绳。这里的
房屋顶部造型精巧，有各式各样的屋顶：
精巧的平顶、奇特的圆顶，还有尖尖的

塔顶。因为人们能发挥长处，尽情地建造屋顶，不急着把房子盖好。

总之，这里的人们已经学会了充分利用大脚的优势。"爸爸妈妈要是在这里的话，天知道他们会说些什么。"梅达自言自语道。说完，她立刻咬着嘴唇——天哪，她又想起了他们。也许她感到失落，正是因为她开始想念爸爸妈妈了。

为了不让自己想太多，梅达决定继续自己的旅程，立即出发。她背着一个背包离开了，背包里有一件新棉袄、一双厚实的手套和一顶毛线帽，这是大家送给她的礼物。他们微笑着跟她道别，祝她一路顺风。他们还在地图上给她指明了道路，那

是一条在山丘之间不断上行，直达山顶的路线。

　　梅达在空气清新的树林中行走了一天半后，来到了一座白雪皑皑的高山脚下。气温开始下降，她从背包里拿出棉袄，踏上了最后一段旅程。她沿着山里蜿蜒的羊肠小道一直向上走，艰难地向山顶攀登。

傍晚时分，她抵达了一个旅行者驿站，任何路过的人都可以去那儿休息或睡觉。梅达走进小木屋，看到壁炉里已经备好了木柴，还有用来生火的点火器。食品储藏室里有硬奶酪、饼干和瓶装水。在一间卧室里，摆放着八张上下双层床，毯子整齐地叠放在床上。吃完饭后，梅达就上床睡觉了，很快进入了梦乡。

第二天早上，耀眼的阳光从窗户透进来时，梅达醒了。世间万物都沐浴在阳光中，她向窗外望去，远远地看见一男一女正在雪地上用大脚快速滑行。他们很擅长保持平衡，只是在拐弯时稍微弯一下腰。虽然距离很远，梅达看不见他们的脸，但

能看得出来他们玩得很开心。早餐后，她穿上厚实的棉袄，戴上手套和帽子，又在储藏室里找到兽皮将双脚包裹起来。然后，梅达也出门了，决定试一试用他们的方法来滑雪。

几个小时后，梅达学会了滑雪。滑到斜坡底部，再艰难地往上攀登，到达山顶后，再滑落下来。她一整天都这样玩着，直到太阳落山才回到驿站，从脚上解下兽皮。她很冷，双脚也冻得很疼，但她很开心。

太阳下山了，余晖把天空染成了明亮的粉红色，疲惫而满足的梅达正在欣赏窗外的风景。这时，她听到头顶上空传来嗡

嗡的声音。她抬起头，看到一架小型旅游飞机飞过。飞机后面垂着长长的尾巴，仔细看原来是一条横幅，上面写着：

亲爱的梅达，无论你在哪里，都请回到我们身边。

没有署名，也不需要署名。梅达当然知道这是谁写的。

晚上，梅达吃了些东西后，很快就进入了梦乡。她筋疲力尽，全身疼痛，但是她感到无比幸福，因为她发现了大脚丫的又一个有趣用处。她已经因自己的大脚丫而找到了快乐，她知道是时候回家了。现在，没有人能够否定，她的一双大脚丫是上天赐给她的非凡礼物，再没人能把这个想法从她的脑海中抹去了。她知道即使是自己的爸爸妈妈，在经过那么长时间的分离和这么多的痛苦之后，一定也已经理解这一点了。

尾 声

快乐的大脚丫

第二天，梅达醒来后，收拾了自己的东西，在驿站的留言本上写了一封信，为自己所受到的热情款待表示感谢。她将一些小岛居民给她的饼干装在一个铁盒里，留在了食品储藏室里，这样就不会受潮了。然后，她走出小木屋，以极快的速度从山腰上滑下去。走之前，她把裹脚的

兽皮留在一间小棚子里，好让下一个大脚
滑雪者使用或者把它们带回驿站。接着，
她沿着小路朝相反的方向走去——那是回
家的路。

梅达又发现了大脚的一个好处。当她
想去远方时，它们会带她走得很远；当她
决定回家的时候，它们又能很快把她带回
家。现在，梅达发现自己在跑，跑向家，
跑向爸爸妈妈……她从没跑过，即使在离
家出走最戏剧性的逃跑时刻，也没有像现
在这样奔跑过。此时此刻，她强烈地想
要回家，回到爸爸妈妈身边，因为她需要
的是家人的陪伴与温暖。环游世界固然美
好，但回家的感觉更美好。现在，她学会

了如何把控自己的大脚，如何做更好的自己。她急切地想告诉大家，她就是这样一个独特的大脚女孩儿，并且永远都是。

然而，梅达并没有马上见到她的爸爸妈妈，因为当她回到家时，他们仍在世界各地找她。于是，梅达向电视台发出帮助

请求。在电视上，她告诉爸爸妈妈她已经回来了，她正在家里等待他们。通过电视台的转播，她的呼吁传遍了世界各地，电视上还配了多种语言的字幕。最终，这则消息在她的爸爸妈妈所在的小镇的电视上播出了，他们看到后决定立即回家。

一周后，梅达终于和爸爸妈妈团聚了，三人紧紧地拥抱在一起。爸爸妈妈发现梅达长高了，长壮了，最重要的是她更加自信了。梅达则发现爸爸妈妈变温柔了，总是笑容可掬，这是梅达以前从未体会过的。这是一个童话故事，它必须有一个幸福的结尾，这也的确是一个大团圆的结局。

对梅达来说，要重新适应以前的生活并不容易，因为在这里，仍然只有她拥有这么大的脚。但大家都知道她有过冒险经历，都很想听她讲遇到的事情。总之，他们像对待英雄般对待她，梅达对大家的关注也感到很高兴。

当一切恢复正常时，梅达也重新做回原来的自己。只是现在，没人再嘲笑她的大脚了，大家都十分钦佩她，因为她这个小女孩儿居然能独自面对那些不寻常的处境，克服那么多困难，最终获得成功，这是多么难得！

梅达时不时地会去海边，在海水上练习滑行。有时她还会去雪山，在山间练习

滑雪。很多人开始模仿她，于是滑水和滑雪这两项新的体育运动开始流行起来；而梅达总是能赢得这两项运动的冠军，因为她比其他人都更先开始这些运动。再说，她的大脚具备天生的优势。此外，她还坚持上芭蕾舞课，并且跳得非常出色。因为天下无难事，只怕有心人，一双大脚当然不能阻止她。更何况，正如梅达坚信的那样，大脚可以带她走得更远。这一点，我们也都知道。

勇敢的非凡女孩：佳塔

自信的非凡女孩：梅达

机智的非凡女孩：乌玛

独立的非凡女孩：伊莎贝

坚强的非凡女孩：库莎

宽容的非凡女孩：安吉拉

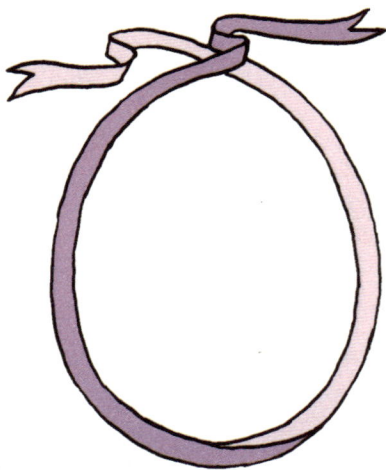

_____的非凡女孩：_____

在丝带里画上你的自画像吧，你和她们一样！

非凡女孩

机智的乌玛

珍贵的礼物

〔意〕贝亚特丽斯·马西尼　著

〔意〕德西德里亚·桂西阿迪尼　绘

刘月樵　译

上海社会科学院出版社

SHANGHAI ACADEMY OF SOCIAL SCIENCES PRESS

图书在版编目（CIP）数据

机智的乌玛：珍贵的礼物 / (意) 贝亚特丽斯·马
西尼著；(意) 德西德里亚·桂西阿迪尼绘；刘月樵译
. -- 上海：上海社会科学院出版社，2024
（非凡女孩；3）
ISBN 978-7-5520-4401-0

Ⅰ.①机… Ⅱ.①贝… ②德… ③刘… Ⅲ.①儿童小
说—短篇小说—意大利—现代 Ⅳ.①I546.84

中国国家版本馆CIP数据核字（2024）第103475号

© 2010, Edizioni EL S.r.l., Trieste Italy on *Il dono della figlia del Re*

上海市版权局著作权合同登记号：图字 09-2024-0382 号

机智的乌玛：珍贵的礼物

著　　者：［意］贝亚特丽斯·马西尼
绘　　者：［意］德西德里亚·桂西阿迪尼
译　　者：刘月樵
责任编辑：赵秋蕙
特约编辑：李虹霞
装帧设计：乔雅琼　任伟嘉　盛广佳
出版发行：上海社会科学院出版社
　　　　　上海市顺昌路622号　　　邮编 200025
　　　　　电话总机 021-63315947　　销售热线 021-53063735
　　　　　https://cbs.sass.org.cn　　E-mail: sassp@sassp.cn
印　　刷：北京汇瑞嘉合文化发展有限公司
开　　本：889毫米 × 1194毫米　1/32
印　　张：2.75
字　　数：19千
版　　次：2024年7月第1版　2025年5月第6次印刷

ISBN 978-7-5520-4401-0/I · 530　　　　　　　定价：118.00元（全6册）

乌玛的档案

爸爸：国王墨菲

妈妈：王后库米

特殊标志：永远的微笑

最喜欢的游戏：吹陶笛

最喜欢的动物：小狮子

最喜欢的食物：烤饼

幸运色：黄色

幸运物：泪珠项链

理想职业：女王或兽医

在热带大草原冒险的过程中，我深深地懂得了两件事：一是眼泪的美好和珍贵，二是独自经历事情能帮助我们快快成长。妈妈曾经不止一遍地对我说过这话，但只有身处险境的时候，我才真正地懂得。当时，我没有害怕。

乌玛

目 录

引 子

乌玛的使命

在一个炎热又遥远的国度里，有一位善良聪明的国王。他有七个孩子——六个王子和一个公主，分别是由七个妻子生的。

国王老了，疲倦了，他感到生命就快要走到尽头。他必须决定由谁来继承王位。按常理，王位应该传给大王子，因为

地球上其他的王国都是这么做的。但是，
这位国王有点儿特别，他认为每个孩子都
应该有平等的机会。因此，他把七个孩
子和他们的妈妈都叫到跟前说："孩子们，
我剩下的时间不多了。我想让六位王子到
世界各地去，找到最珍贵的东西带回来，

送给我做礼物。你们必须在第三十天赶回来，太晚你们可能就看不到我了，太早也不能算数。谁的礼物最珍贵，谁就将赢得我的王冠，继承王位。"

六位王子的妈妈们马上吵嚷起来。一个妈妈说："你的儿子比我的儿子强壮，身形上小的当然赢不过大的。"另一个妈妈说："我的儿子太小了，怎么能跟他的大哥哥们竞争呢？"

这话是真的，因为王子们的年龄从十二岁到十七岁都有，有的身强体壮，有的弱不禁风，有的机灵，有的愚蠢。总之，这不是一场公平的竞赛。

但是，国王却打断了她们的话："你

们放心，我有足够的智慧判断他们谁带回来的礼物最珍贵。我知道他们每个人都不一样，但重要的是我对他们一视同仁，我的判断公正无私。他们的不同只会让这场竞赛变得更有意思。"

说到这里，唯一的公主——十岁的乌玛的妈妈走上前说："尊敬的国王，如果您真的公正无私，那为什么把乌玛排除在外呢？难道她没有可能成为女王吗？"

听到她的话，在场的所有人都笑了。首先是王子的妈妈们，然后是年龄较大的王子们，再后来，是朝臣们。一个女孩子，居然想成为国王，或者说成为女王，是多么愚蠢的想法！但是国王却抬起

手，让大家安静下来。"你说得对，我的王妃。自从希巴女王之后，我们的王国就没有女王了，但这并不是说以后不能再有女王。所以，乌玛也将参加竞赛。我的孩子们，三十天后，我希望你们所有的人都带着礼物回到这里。祝你们好运！但愿老虎不要吞掉你们的身体，但愿毒蛇不要吓破你们的胆子，但愿秃鹫不要吃掉你们的眼睛！"

六个王子和他们的妈妈走开了。他们边走边窃窃私语，并向乌玛和她的妈妈投去充满敌意的目光。然而，母女俩并不介意。她们习惯了被孤立，因为乌玛是唯一的公主，王子们的妈妈从来不允许乌玛的

妈妈参与她们的事情。

　　母女俩回到自己的宫殿。到这时候，乌玛才开口讲话："妈妈，你真的希望我成为女王吗？"

　　"不是希望你成为女王，"她的妈妈回答，"而是希望你跟王子们有同等的机会。仅仅因为你是女孩儿，就不让你参与王位的竞争，这是没有道理的。你的国王爸爸也这样说了，不是吗？希巴女王就是一个女人，她漂亮、聪明又能干。"

　　"可我是个小女孩儿，不是一个女人。"乌玛说。

　　"但你也漂亮、聪明又能干。"她的妈妈说，"你会有一次美好的旅行，这次旅

行会让你变得更加聪明能干。"

"那我要一个人上路吗？"

"乌玛，有许多事情是需要一个人去做的，这件事就是其中之一。但我肯定，即使你没有带回最珍贵的礼物，没有成为女王，也会因为这次旅行而受益无穷。现在你是一个小女孩儿，但将来你会长大成人。正是那些独自经历的事情让人成长。你需要学着独自做出选择。现在，我们就来为你的旅行做准备！"

一个十岁的小公主，要去毒蛇和猛兽横行的地方旅行，她需要哪些东西呢？可以说，需要很多，但又不多。带上武器是没有用的，它们很危险。再说，乌玛也不会用，万一伤到她自己怎么办？倒不如带些其他有用的东西，比如：一支草药膏，在长途跋涉之后，能够缓解双脚的疲劳；一支陶笛，在晚上能够陪伴她入梦；一床用长颈鹿的鬃毛做的被子，裹上后能暖和身体；一个装满水的大行军

壶，它比食物还重要；还有足够的烤饼，以便填饱肚子。

"至于其他的东西，"她的妈妈说，"热带大草原会提供给你，关照着你，守护着你。但你要格外小心，要机灵，要敏捷。最重要的是，一定要回到我的身边。"

第二天清晨，乌玛出发了。她独自一人，要去热带大草原上闯荡，为她的爸爸——衰老的国王寻找最珍贵的礼物。

第一章

受伤的狮子妈妈

这并不是乌玛第一次面对热带大草原。在他们的国家，所有小孩儿从一出生起，就要学会应对草原上的种种危险——永远不要离开主路; 不要打扰动物的幼崽; 如果感到害怕，或担心受到攻击，就爬到树上待一会儿。

这次，乌玛不仅要保护好自己，还要

找到最珍贵的礼物，所以她要付出双倍的努力——注意不要落入陷阱，同时还要观察、思考、行动。

最初的日子是艰难的。她感到很孤独，非常想念妈妈。她害怕，不知道怎样才能支撑下去。但是凭着谨慎、机智和敏捷，她还是摆脱了不少困境。有好几次她都快要哭了，她想逃避困难、转身回家，告诉大家说，她只要做一个简简单单的女

孩儿就好，根本不想成为什么女王。但每到这时，她的脑海里就会浮现出妈妈坚定的目光。于是她对自己说，她做这一切都是为了妈妈，是为了回报妈妈的爱。因此在眼泪掉下来之前，她就把它们擦掉了。

生活永远是这样，有时候我们做事是为了自己，有时候是为了别人，但有时候既为别人也为自己。

乌玛观察着，思考着，尽量远离危险。她了解了大型动物捕食和睡觉的时间；她看到它们如何把自己藏起来，如何去攻击猎物，然后进食和休息；她偷偷地观察它们如何在河里饮水、嬉戏；她发现它们在玩耍的时候，就像村里的孩子一样。

有一天，她的注意力被一头母狮子和它三只可爱的宝宝吸引住了。那些小狮子小巧柔软得就像小玩偶一样。狮子妈妈捕食归来，把好吃的带给小狮子们，看着它们快乐地把食物吞下去。而狮子妈妈自己总是最后一个上去，吃剩下的那些东西。它有一个特点：腿有点儿瘸。乌玛通过观察发现，狮子妈妈一天比一天瘸得更厉害。

一天晚上，太阳下山了。小狮子们已经吃饱，横七竖八地躺在温暖的土堆上睡着了。乌玛躲在自己栖身的金合欢树上，看到狮子妈妈一边舔自己的右前爪，一边

露出痛苦的神情。她鼓足了勇气，慢慢地从树上滑下来，向它靠近。

"女孩儿，当心点！"狮子妈妈咆哮着说，"你的肉很嫩，你会是我的下一个猎物。"

"我知道。"乌玛说，"但我看见你很痛苦，也许我能帮助你。"

狮子妈妈笑了："你帮我？真好笑！难道这世道反了吗？你还是先想想怎么帮

你自己吧。现在，离我远点儿！"

乌玛注意到，它的声音里带着一种奇怪的哽咽，它的眼睛里噙满了泪水。

"狮子妈妈，你为什么哭啊？"她毫不畏惧地走上前去，向它问道。

"当心点，女孩儿！"狮子妈妈又重复了一句，"我已经说过了，对于我来说，你是很容易到手的猎物。"

"我知道，抓我对你来说易如反掌，可是你为什么要抓我呢？"乌玛说，"再说，现在又是晚上，你累了，并且还在哭泣。"

"我哭泣，是因为我的爪子里有一根刺，我拔不出来。伤口疼得越来越厉害，

我很快就不能在热带大草原里捕猎了。所以我才说，你是送上门的猎物，我很难拒绝这种诱惑。"

"即使你把我吃了，但带着伤捕不到猎物，你还是活不了多久，对吧？可是我却能为你做点儿事情。你信得过我吗？"

"那你信得过我吗？"狮子妈妈针锋相对地问她。

"如果我们互相信任，就会发生不可思议的事情。"乌玛回答说。

其实乌玛并没有十足的把握，但她还是毫不迟疑地握住狮子妈妈那只疼痛的爪子，耐心地用手指头在肿胀的伤口周围按压。即使狮子妈妈疼得大喊大叫，她也没有退缩。她成功地让那根已经深深扎进肉里的刺重新露出头，用自己的指甲把它拔了出来。然后，她用水给狮子妈妈清洗干净伤口，又在伤口和整只爪子上涂了她随身携带的草药膏。最后，她还给狮子妈妈按摩了另外三只爪子。

狮子妈妈的疼痛止住了。它安静下来，放松地睡着了，趴在地上就像一块活地毯。三只金色的小狮子依偎在它身边，安然地睡着。

做了这么多事，乌玛累坏了，她也趴在狮子们身边睡着了。

天亮的时候，乌玛感觉有一种热乎乎的、粗糙的东西在她脸上舔来舔去。她立

刻惊醒过来，原来是小狮子们的舌头。它们发现了她这个新的活玩具，正和她闹着玩儿呢。

蜷缩在一边的狮子妈妈睁开黄色的眼睛注视着她。"你很勇敢，可是我没有什么东西可以送给你，只有这个——"说着，它朝乌玛推过去一堆落满灰尘的东西。

乌玛用手拂去上面的灰尘，她看清了，那是十几颗亮晶晶的珠子，闪烁着七彩的光芒。

"这是我的眼泪。"狮子妈妈对她说，"人们很少有机会看到狮子哭泣，回去讲给他们听吧。这样，至少会有人听了你的

故事而相信你。现在你走吧，孩子，因为
我很饿了，也许我会改变主意的。"

　　乌玛把珠子装进衣袋，朝它微微鞠了
一躬，立刻转过身走了。她也很饿，但是
又不敢冒险吃早饭，她害怕狮子妈妈随时
会改变主意。那样，就不是她吃早餐，而
是她变成狮子们的早餐了。她用手在衣袋

里翻动着那些珠子——狮子妈妈的眼泪，

作为送给国王爸爸的礼物，这应该够格了

吧？不，还不够。

第二章

一条爱音乐的蛇

乌玛知道，她在热带大草原的冒险才刚刚开始，还远远没有到结束的时候，因为她还没有找到最合适的礼物。但是她也知道，虽然到目前为止她的旅程有惊无险，但热带大草原永远是一个危险的地方，随时都可能毁灭她。

所以，乌玛小心谨慎地继续她的旅

行，提醒自己不仅不能被大草原征服，还要很好地完成使命。

其实，说起乌玛的国王爸爸，他对乌玛的了解并不多。乌玛是最小的孩子，当她来到这个世界上的时候，国王已经年纪大了，没有心思去陪女儿玩耍、跑步，和她一起哈哈大笑。她的妈妈也总是叮嘱她，不要去打扰爸爸。但是乌玛知道，她现在要做的这件事情非常重要，她要向爸爸证明自己的能力。再说，她非常希望妈妈能为她感到骄傲。总之，她有许多理由促使她必须完成这个使命。但是，她并不想成为女王，她觉得那实际上很愚蠢：一个高高在上的女王，脑袋怎么能像乌玛的

这么小，甚至连王冠都支撑不起来呢？她只想和哥哥们一起玩耍，和爸爸开开玩笑，跳到他的膝盖上跟他撒娇。她不知道，这是不是就是她想要的全部。爸爸快要告别这个世界了，不知道还有没有时间和她一起玩。但是不管怎么说，她已经出发了，她有能力独自战胜旅途上的困难。

乌玛边走边想着这些，分散了精力。她没有注意到，在她背后的草丛里，有个东西在沙沙作响，它一会儿蜷起来停一停，一会儿又噌噌地向前移动。当她突然意识到时，她的脸色刹那间变白了——有一条蛇在后面追她！

大家知道，蛇是恶毒狡猾的动物，不

讲信义、阳奉阴违、诡计多端……你刚刚转过身去，它就可能嗖的一声对你发起攻击。另外，还有一种蛇虽然不咬人，但它会缠住你身上最柔软的部分，然后缠紧，再缠紧……

乌玛知道，如果那条蛇已经把她当成了猎物，她就肯定逃不掉。因此，不管怎样，她一定要想办法制住它。她取出随身携带的陶笛，开始吹奏。"拉——来——西——拉，拉——拉——来——西——拉……"一段高高低低、带着颤音的曲调，从那件用赤陶做成的、像烤饼一样的乐器里飘了出来。妈妈曾经告诉过她，有一种蛇对音乐很敏感，还教她吹奏这首简单迷人的小曲子。

　　乌玛是多么幸运啊！因为追她的这条蛇恰好对音乐很敏感，而且还不是一般的敏感。有一次捕猎，它对风吹动草时发出的沙沙声入了迷，竟然让猎物轻而易举地溜走了；还有一次它去河边喝水，被流水的哗哗声吸引住了，不由得惊奇地待在那里，就好像睡着了一般，差点儿被路过的水牛一脚踩中……总之，这条蛇对音乐非常敏感。它从来没听过乌玛吹奏的这种音乐，这音乐是那么美妙，那么忧伤，那么动人——就像孩子的哭声，不，更像一条被遗弃在热带大草原上的小蛇的哭声……

像往常一样，这条蛇听得入了迷。它的脑海里浮现出一条被遗弃的小蛇，它流出了痛苦的眼泪。也许这条小蛇就是它，小时候的它。它哭，是因为它长得太丑了，滑溜溜的，样子很凶狠，所有人见到它都会躲开。而它其实是多么愿意讨人

喜欢、惹人怜爱呀！但是不可能，那不是本来的它。它哭，是因为它总是给人带来痛苦，而它其实是多么愿意给人带来快乐啊！它哭啊，哭啊，身体痛苦地缠绕起来，缠得紧紧的，整个儿扭成了一团，然后，它渐渐地睡去了。

乌玛一直吹着笛子，专心致志，一动不动。直到再也听不到蛇的哭声了，她才停下来小心翼翼地向身后张望，想看看发生了什么事情。

她看见那条蛇扭成一团，就那么待在草地里，周围散落着许多绿色的珠子，闪闪发光。这一次不用解释，乌玛马上就明白了，那是蛇的眼泪。她把它们收集起

来，放在衣袋里，和狮子妈妈的泪珠放在一起。

她不想冒险等蛇醒过来。也许它会立刻改变主意。它会发现她的音乐是能迷惑它的，它会伸展开身体攻击她，或者就像它本来打算的那样，缠住她，挤碎她……这一次她已经很幸运了，没有必要等蛇醒

过来，再冒一次险。她从心里感谢妈妈，
是妈妈教给了她这么多有用的东西。

　　她又重新出发了。但刚走了几步，她
又停下来，转身走了回去。她想，陶笛
对她不再有用处了，除非她再遇到另一条
蛇。但即使遇到另一条蛇，笛子也不一定
还能奏效。所以，她走回去把笛子端端正
正地放在了那条蛇紧紧盘起的身体中央。

她想，等它醒来的时候，就会发现笛子，也许它还可以一点点地学会吹奏呢。

然后，她又重新踏上了旅程。虽然她还不知道自己要去往哪里，但关于送给国王爸爸的礼物，她开始有了一点儿想法。她还要继续前行，继续寻找。

第三章

被落下的小鳄鱼

乌玛知道，她在热带大草原的冒险
依然没到结束的时候，因为她还是没有找
到满意的礼物。她虽然接二连三地幸免于
难，但热带大草原依然是个危险的地方。
所以，她瞪大眼睛，竖起耳朵，继续小心
谨慎地前行。

尽管如此，她还是被河边上一个奇怪

的、像包裹一样的东西绊了一下，差点儿摔倒在上面。她勉强收住脚，才没有踩上那个东西。她弯下腰，想弄明白那个长着鳞片的包裹究竟是个什么东西。难道又是一条蛇？不是。虽然距离很近，但她一时也认不出来。一只变色蜥蜴？太大了些。一只鳄鱼？又太小了点儿。不过，也许……

哇，原来这是一只小鳄鱼。它是那么小，才刚刚孵化出来，脑袋上还顶着一小块白色的蛋壳，好像戴着一顶可笑的帽子。鳄鱼妈妈通常是心不在焉的。这只小鳄鱼的妈妈显然没有关照到自己所有的蛋，她相信宝宝们应该能自己破壳出来，

或许根本没注意到还落下了一个蛋，就自顾自地走了。

乌玛蹲下身子。虽然刚出生的小鳄鱼很难看，但它却用大大的、温柔的眼睛看着她，乌玛忍不住有些同情它。

小家伙浑身颤抖着，样子真的很可怜。它实在太瘦了，也许在蛋里没有得到

足够的营养。乌玛知道，如果没人帮助它的话，它坚持不了多久。晚上，来河边喝水的肉食动物可能一口就把它吞掉了……虽然它有点儿硬，但还是能吃的吧。在这个炎热的大草原上，食物永远是宝贵的稀缺资源。

乌玛本来就没带多少东西。她从变得越来越轻的背包里，取出那条用长颈鹿鬃毛做的被子。她觉得这会儿被子可能有点儿用处。虽然，她不知道小鳄鱼会不会喜欢裹在被子里睡觉，但是她能做的只有这个了。她用手捧起小鳄鱼，感到它的身体很柔软，皮肤很凉，小小的鳞片很扎手，她不禁哆嗦了一下。她把被子铺在草地

上，然后把小鳄鱼放在被子上，用被子把它包成一个大粽子。她曾经在一个村庄里见过，村妇们就是这样用一块简单的布把刚出生的孩子包起来的。包在被子里的小鳄鱼露出尖尖的小脑袋，黄色的大眼睛慢慢合上，它睡着了。乌玛靠着它躺下，她没有被子，所以只能缩成一团。后来她也睡着了。

第二天早上乌玛醒来的时候，小鳄鱼已经醒来了。它用黄色的大眼睛盯着她，面无表情，乌玛忍不住又哆嗦了一下。被子不见了，小鳄鱼的牙齿上挂着一些碎布。很明显，被子被它吃掉了。也许是因为长颈鹿鬃毛的气味，它以为自己面前是一顿美味的早餐吧。她面对的是一只多么凶猛的幼崽啊！乌玛想到这儿，第三次打了个哆嗦。而紧接着，第四个哆嗦迅速传遍了她的全身——芦苇丛里露出一个长满牙齿的大鳄鱼尖嘴。刹那间，乌玛觉得自己的末日来临了。但她突然又想，也许她的爸爸会喜欢鳄鱼皮呢！算了吧，鳄鱼皮对她爸爸一点儿用都没有，而且她根本斗不过大鳄鱼。再以后她就什么都不想了，因为大鳄鱼哭了起来。

"呜——呜——呜——"大鳄鱼边哭边说，"我丢了一个宝宝，再也找不回来了！是老虎、鬣狗、豺狼把它给吃了？还是秃鹫从天上冲下来，把它给叼走了？还

是一头野牛的蹄子把它碾碎了？呜——呜——呜——我是一个多么愚蠢、多么不幸的妈妈！"

"你看，"乌玛在心里说，她竭力屏住呼吸，以免大鳄鱼发现她，"这就是臭名昭著的鳄鱼的眼泪！当你闯下一个无法弥补的大祸时，哭又有什么用呢？"

可不是吗？除了宣泄一下，确实什么用处也没有。但是鳄鱼妈妈并不知道这一点。它继续呜咽着，倾诉着，眼睛眯成了一条缝儿，流出黄色的眼泪。它一点儿也没有注意到，被它落下的宝宝正在向它靠近，并且好奇地仰望着它。但小家伙并不知道那就是它的妈妈。它出生后第一眼看

到的是乌玛，就以为乌玛是它的妈妈，所以它又向乌玛爬去，安安静静地缩在她的双脚中间，这让本想躲起来的乌玛前功尽弃。

乌玛不知道该怎么办，她待在那儿一动不动，脑子飞快地转着，希望能想出一个好主意。但是当一个人非常害怕的时候，是很难想出好办法的。想不出办法，她只好就那样呆立着一动不动。最后，鳄鱼妈妈停止哭泣，睁开眼睛，看见了那只小鳄鱼，便立刻大叫起来："它还活着！它是我的宝宝，它还活着！这是我丢掉的宝宝，走到哪里我都认得它！"

这时，乌玛以为末日真的来临了——

鳄鱼妈妈向她扑过来，把她吞下去，然后带走它的宝宝，故事就这样结束了。

故事就这样结束了吗？不可能，我们才讲到一半呢，所以一定还会再发生点儿别的事情。

实际情况是这样的：乌玛亲切地推了一下小鳄鱼，它朝着鳄鱼妈妈走了几步。鳄鱼妈妈闻了一下气味，确认是它的宝宝，于是走上前去用嘴轻轻叼住小鳄鱼的脖子。然后，鳄鱼妈妈又一次哽咽起来。乌玛利用这个机会拔腿跑掉了。当然她没忘记拾起地上的黄色珠子——那是鳄鱼妈妈的眼泪。

亲爱的小读者，你是不是想问，这些

因为心不在焉、犯下过错而流的眼泪，也
一样珍贵吗？当然是，因为它们是悔恨的
眼泪。眼泪都是珍贵的，因为大多数眼
泪都是由于痛苦而流的。如果以后痛苦能
够变成欢乐，那当然再好不过了。但就算
仅仅为了曾经的痛苦，这些眼泪也是珍
贵的。

第四章

饥饿的小河马

乌玛逃离了那里，但她决定还是沿着水流往前走。因为她知道，留在有水的地方是聪明的做法，这样永远能在需要的时候灌满自己的水壶，至少不必忍受干渴。

热带大草原上居住着大大小小的动物，那些大型动物的食量可是相当可观的。因此，总有一件事随时可以击倒所有的动物——小的、大的、更大的，甚至包括人——那就是饥饿。

这种饥饿不是对美食和大餐的向往（这种饥饿我们都有体会），而是一种真正的饥饿，一种肚子空了好长时间，却根本找不到任何东西填进去的饥饿。

现在这样的饥饿正折磨着一只小河马。小家伙的妈妈死了，它不可能再吃到妈妈的奶，而这可是小河马唯一的营养来源。河马爸爸尽可能找些它能吃的东西，但是河马宝宝还不会咀嚼，无法吃下河边的野草，也没有其他动物愿意喂它一口奶。每当河马爸爸向大家求助的时

候，所有的动物便都吓跑了。河马爸爸非
常担心，因为小家伙几乎不长个儿，身体
瘦弱，不会游泳，也不会跑。它总是缩在
爸爸身边，一副虚弱的样子，眼睛里流露
出忧伤。河马爸爸非常害怕在失去妻子之
后，又失去宝宝。

　　表面看来，河马好像是温厚善良的，
因为它们胖嘟嘟、圆滚滚的，皮肤发着亮

光，但实际上完全不是这样。在热带大草
原上，人们必须学会远离河马，尤其是在
它们照料宝宝的时候。尽管它们不是食肉
动物，但它们身躯庞大，一样非常危险。

所以，当乌玛看见河马爸爸和它身边
的宝宝时，她决定悄悄地从它们身边绕过
去。但是，她踩到了一根小棍子，棍子啪
的一声折断了。河马爸爸立刻抬起大脑袋
朝她这边看过来。乌玛全身都僵了，愣在
原地，她很希望树叶能够掩护她，但是根
本没用。

"过来，小孩儿！"河马爸爸对她说，
"马上！"

乌玛只能顺从地走过去。从近处看，

河马宝宝显得更加弱小。它皮肤开裂，双眼浑浊，一定非常难受。

"你们住在村庄里，"河马爸爸说，"当你们生病的时候，有魔法师帮助你们，可我们没有河马魔法师。现在我的宝宝吃不到它妈妈的奶了，又吃不下别的东西，有没有给它吃的药呢？"

乌玛低头思考了好一阵子。她不了解药物，但是她知道，只摇摇头说不知道是过不了关的。背包里还剩下最后一件东西，也许……也许还能有用。于是她拿出来给河马爸爸看。

"我没有药，"她说，"也不知道从哪儿能找到药。即使我有，也是人类用的

药，对动物可能是有毒的。不过，我有这个。"她举起一块烤饼，"这是烤饼，我妈妈给我准备的食物，吃下去会产生力气和能量。我们来试一试，把烤饼放在水里泡一下，再给你的宝宝吃。我不知道会发生什么，但是值得试一试。"

河马爸爸闻了闻，让乌玛照她说的去做了。乌玛用水把烤饼做成了面糊，放在一片叶子里卷起来，送到小河马的嘴边。小河马用它玫瑰色的舌头把面糊舔得干干净净。它的眼睛开始变得明亮，它用口鼻做了一个动作，好像说它还要。乌玛一个接着一个地拿出烤饼，把它们做成面糊送给小河马吃。最后，背包里的烤饼全被小

河马吃光了，它肚子饱饱的，也吃累了，终于睡着了。

"也许这起不了什么作用，小孩儿，"河马爸爸说，"但是你做了一件善良的事情。我不会忘记的。"然后，它就躺在宝宝的旁边，和它一块儿睡着了，因为夜幕已经悄悄降临。

既然已经是夜晚，乌玛也就安顿下来。她没有烤饼吃了，开始感受到饥饿的痛苦。但是她毕竟太累了，所以还是沉沉地睡着了。

她做了个梦，在梦里，小河马自己用四只蹄子站了起来，转着圈小跑着。它快乐得就像一只精力充沛的小猪。河马爸爸

流出了玫瑰色的眼泪，眼泪变成了玫瑰色的珠子。乌玛拾起珠子，把它们放进口袋里，然后朝着她的下一站——另一种颜色的珠子出发了。

第五章

蜘蛛故事大王

但真实情况是，早晨，乌玛醒来时，惊奇地发现周围只剩下了她自己。一堆被踩过的树叶表明，这里的确有过一只大河马和一只小河马。地上还有些烤饼的残渣，乌玛赶紧用指尖一点点拈起来，吞了下去。这说明她确实为一只失去妈妈、身体虚弱的河马宝宝献出了她所有的食物储

备。但是珠子呢？她的珠子在哪里呢？乌玛失望地哭了起来。这时，一个声音从她头顶上方传来：

"女孩儿，河马给我讲了你所做的一切。它没有任何东西可以送给你，因为河马不会像别的动物那样哭出彩色的泪珠。但是它对我说，它非常感激你。所以，你应该获得报答。我准备代替它报答你。不过，首先你要给我讲讲你的故事。为什么你一个女孩子会独自在热带大草原上闯荡，还要收集那些眼泪珠子呢？"

乌玛抬起头，看到她头顶上方有一张巨网，一只大蜘蛛盘踞在网的中心。

"一只蜘蛛怎么会看出我的心思，知

道那些珠子的事情，还跟我讲话？"乌玛正准备回答，但她突然意识到，这只大蜘蛛就是传说中的故事大王阿南西。大家都知道，除了好听的故事，阿南西不喜欢任何其他的东西。这样一来，乌玛有点儿害怕了，万一她讲的故事阿南西不喜欢呢？而且，她以前从没见过这么大的蜘蛛，更神奇的是这只大蜘蛛正在跟她讲话，声音低沉，就像一个充满智慧的男人……乌玛尽量让自己平静下来，开始讲故事。

乌玛的经历当然是一个好听的故事，她还从妈妈那里学到了巧妙的叙述技巧。阿南西呢，当然也是一个很好的听众。总之，最后双方都十分满意。乌玛有条不紊

地讲述了她奇特的经历，阿南西也非常喜欢乌玛的故事。

"哦，女孩儿，现在我知道你是一个小公主了，你的故事讲得很好。"阿南西对乌玛说，"你把几件事情串连起来，就像项链上的珍珠一样。你刚才告诉我，你正在为你的爸爸寻找一件礼物，一件特殊

的、独一无二的礼物，我决定帮助你，和你一起向国王致敬。我要用我的蜘蛛丝把那些眼泪珠子穿成一条项链。这是一种特殊的丝线，永远都不会断开。这种丝线曾经被用来做过国王的披风、王子的飞毯和公主的帐篷，用来穿眼泪珠子再合适不过了。每颗眼泪珠子都是一个故事，每个故事都是一段痛苦的经历。我可以肯定，对国王来说，你的礼物是最珍贵的！"

阿南西说完，从乌玛的口袋里拿出眼泪珠子，敏捷地用它的八条腿把珠子一个接一个地穿在一起，并且把颜色搭配得很漂亮，最后再打上结。

"没有人会相信，这条项链是用阿南

西的蜘蛛丝串起来的！"乌玛看着大蜘蛛
手里的项链说。

"噢，我可以肯定，他们会相信你的，
因为再没有别的丝线比这更结实了！现
在，你走吧，小公主，因为年迈的国王活
不了多久了，他正等着能干的儿女们回
家。不管他让儿女们走多远，都是为了更
加幸福甜蜜地重逢。把这条用痛苦的眼泪
穿成的项链带回去吧，这是你用善良和慷
慨换来的，确实没有比这更加珍贵的礼物
了。走吧！"

乌玛走了。找到回家的路并不难，因
为在每一丛灌木和每一条树枝上，都闪烁
着一张蜘蛛网，为她指示正确的路。国王

定下的三十天期限差不多快到了，需要赶紧回去了。她要在合适的时刻赶到，既不能提前，也不能推后。她已经没有食物储备，饥饿也促使她加快了脚步。

终于，在第二十九天的夜里，她投入了妈妈的怀抱。她的妈妈还没有睡，一直在宫殿外面等着她呢。回到家里，妈妈很快就让她恢复了精力，还把她抱在怀里，让她舒舒服服地睡了一个安稳的好觉。

第六章

老国王的判断

第二天早上，王宫里聚集了一大群人——六个王子、一个公主、国王的七个妻子、所有的朝臣，以及众多听说了这件事、想看看结果的好奇者。

大王子向国王鞠了一躬，在他脚下展开一张狮子皮。"这就是那头骄傲的号称'伟大山岳'的狮子，但是我让它屈服了。

我送给国王的是百兽之王的皮！"说完，他自豪地一跃而起，退到一边。还有谁能有勇气杀死一头狮子，而且还是一头那么骄傲、那么凶猛的狮子呢？

二王子在国王面前弯下腰，打开一个镶满了金子的保险箱。"我打败了沙漠里的强盗，这是我得到的战利品。"他说，"我送给国王的是整箱的金子。"

三王子在国王面前俯下身子，打开一本用红色皮子装订的书。"这是《万能百科全书》。"他说，"我去了大城市，从七个贤人那里获得了这本书。我送给国王的是无尽的知识。"

四王子走上前去，在国王面前铺开一

块色彩鲜艳的毯子。"这是'梦想之毯'。"

他说，"太阳下山之后，盖上这块毯子睡

觉，在梦中它会带你飞到任何你想去的地

方。我送给国王的是奇妙之夜。"

接下来是五王子，他向国王展示了一

枚装在丝绒盒里的戒指。"这是'隐身戒

指'。"他骄傲地说，"戴上它，就可以隐

身。我送给国王的是神奇的秘密。"

然后是六王子，他打开一个用精细羊

皮做的首饰盒，里面是一把弯弯的匕首：

"这是'雪刃'。拥有它的人，只要动一动

念头，就可以刺伤敌人。我送给国王的是

防身武器。"

最后走上前去的是乌玛。她取出泪珠

项链，五颜六色的珠子在阳光下闪着微光。她说："爸爸，这是一条用眼泪穿成的项链，是我为您收集的痛苦。"

"一条项链！多么愚蠢！国王需要项链做什么？"一些人小声嘀咕。

"如果他还有力气再娶一个妻子的话，就把这个送给她当礼物吧！"女人们嘟嘟哝哝地说。

"一条项链！不过是一个女人送给另一个女人的礼物罢了！除此之外，还能有什么用呢？"一个王子悄悄地说。

国王好像没有听见这些不怀好意的议论。相反，他拿起项链，用手轻轻地摩挲着："对于一个像我这样的老人，这确实

是件不同寻常的礼物。但是告诉我，乌玛，你是怎么产生这个想法的呢？"

于是，乌玛讲述了她旅程中全部的故事。随着她的讲述，项链在国王的手指间闪烁出奇异的光芒，好像每颗珠子里都住着一只萤火虫。故事讲完了，珠子不亮了，但是仍有微弱的光芒从蜘蛛丝上放射出来。

"那么，乌玛，你一个人在热带大

草原冒险的时候，哭过吗？"国王最后问道。

"爸爸，我曾经想哭。"乌玛回答道，"因为我孤零零的，感到很害怕。但是后来我忍住了，因为我知道，我遇到的任何动物都比我更加痛苦。"

"这么说，没有任何珠子是给你自己的？"

"没有，所有的珠子都是送给您的。"

周围传出一阵叽叽喳喳的议论。没有人相信小公主的经历，它太复杂、太离奇了。算了吧，一个小女孩儿在遇到狮子、蛇、鳄鱼和河马之后，还能活着？一个小女孩儿居然说遇到了阿南西——故事大

王，蜘蛛之王！她肯定是在撒谎。

国王深深地吸了一口气。都结束了。现在该由他做出判断了。这是一个艰难的决定，因为他爱他所有的孩子，尽管是以不同的方式，尽管他们各有千秋。然而，他必须从他们之中选出一个。他清了清嗓子，开始讲道：

"孩子们，你们都回来了，为此我感到很高兴！而且，你们都有一件珍贵的礼物送给我，这是你们用力量和智慧换来的，非常难得。但是别当我什么都不知道，在获取礼物的过程中，你们有人动了杀机。"他瞪了一眼第一个儿子。

"有人偷了盗贼的东西。"他又瞪了一

眼第二个儿子。

"有人没弄明白我已经走到了生命的尽头，该学的我都已经学到了。"他看了一眼第三个儿子。

"有人没弄懂，在最后的时间里，我不想去任何地方，只想留在这里，和你们在一起。"他从第四个儿子身边走过。

"有人不理解，我在这个世界上面临的最后一件事，就是消失，还需要隐身衣干什么呢？"他看向第五个儿子。

"还有人没搞清楚，我唯一需要防御的就是死亡，我当然不需要一把会带来死神的匕首！"他把严厉的目光投向第六个儿子，六王子羞愧地低下了头。

"今天，我在生命中仍然看重的、唯一的东西，"老国王继续说道，"是痛苦，是必须离开你们和失去你们所带来的痛苦。而只有一件礼物提到了痛苦，就是乌玛的泪珠项链。"

虽然其他人都难以理解，但是老国王确实最为看重乌玛的礼物，因为它饱含着他人的痛苦和乌玛对他人的关爱。同时，也因为这唯一的公主，他唯一的女儿，在为他寻找礼物的过程中，从来都没有想过她自己。她心里想的一直都是别人——那些痛苦的动物，还有她的爸爸。

于是，老国王站起身，把项链戴在乌玛的脖子上。"戴上它吧，我的女儿。"

国王说道，"希望你永远也不要忘记这次旅行，是它把你变成了我心目中理想的女王。"

这时候，大王子，那个杀死一头狮子并剥下狮子皮的男孩儿冲上前来，愤怒地撕扯乌玛脖子上的项链。但是，不管他使多大劲儿，都扯不断项链。他用自己的行为证实了乌玛的故事。

"哎呀！"大家齐声说道，"这么说是真的，那是阿南西的蜘蛛丝，小公主说的是真话！"

乌玛被她哥哥扯得摇晃了一下，但是项链却没有划破她的皮肤，原来阿南西的蜘蛛丝不仅牢固，还很柔软。在她的胸前，彩色泪珠好像活了一样跳起舞来，发出叮叮当当的音乐，为痛苦最终变成了欢乐而歌唱。

尾 声

跳舞的项链

找到了合适的继承人，老国王真是太高兴了！尽管他已年迈体衰，但他决心再活一段时间，这样他就可以享受那个特别的女儿以及儿子们的陪伴。

他知道，每个孩子都是独一无二的，也许他应该去发现他们的独特之处，也许他还应该再做些工作，让凶狠的变得温

和，让残忍的变得善良，让吝啬的变得
慷慨。

乌玛虽然是他心目中理想的女王，但
她还是个小女孩儿，还需要一段时间才
能成长起来。这样，快乐延长了国王的寿
命，他又做了很长时间的国王。

在他去世之后谁成为国王了呢？我们
不知道，因为这个故事已经结束了。

此时，王国里正在举行盛大的庆典，
所有的人都非常快乐。焰火缤纷，映照夜
空，大家都在跳舞、歌唱。在人群中，有
一个坚毅、勇敢的小女孩儿，她脖子上戴
的项链在焰火下闪闪发光——每一颗泪珠
里，都藏着一段已经平复、愈合的痛苦。

勇敢的非凡女孩：佳塔

自信的非凡女孩：梅达

机智的非凡女孩：乌玛

独立的非凡女孩：伊莎贝

坚强的非凡女孩：库莎

宽容的非凡女孩：安吉拉

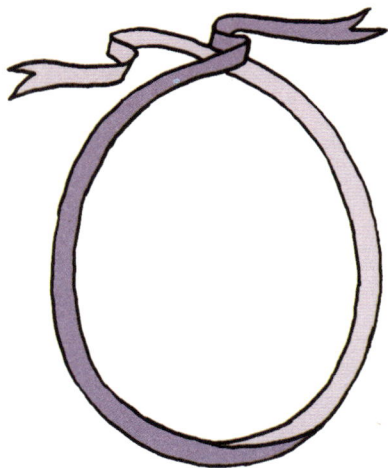

_____ 的非凡女孩：_____

在丝带里画上你的自画像吧，你和她们一样！

非凡女孩

独立的伊莎贝

神秘宝藏

［意］贝亚特丽斯·马西尼　著

［意］德西德里亚·桂西阿迪尼　绘

彭倩　译

上海社会科学院出版社

SHANGHAI ACADEMY OF SOCIAL SCIENCES PRESS

图书在版编目（CIP）数据

独立的伊莎贝：神秘宝藏 /(意) 贝亚特丽斯·马
西尼著；(意) 德西德里亚·桂西阿迪绘；彭倩译
. -- 上海：上海社会科学院出版社，2024
（非凡女孩；4）
ISBN 978-7-5520-4401-0

Ⅰ.①独… Ⅱ.①贝… ②德… ③彭… Ⅲ.①儿童小
说—短篇小说—意大利—现代 Ⅳ.①I546.84

中国国家版本馆CIP数据核字（2024）第103476号

© 2010, Edizioni EL S.r.l., Trieste Italy on *Isabelita senza paura*

上海市版权局著作权合同登记号：图字09-2024-0382 号

独立的伊莎贝：神秘宝藏

著　者：［意］贝亚特丽斯·马西尼
绘　者：［意］德西德里亚·桂西阿迪尼
译　者：彭　倩
责任编辑：赵秋蕙
特约编辑：李虹霞
装帧设计：乔雅琼　任伟嘉　盛广佳
出版发行：上海社会科学院出版社
　　　　　上海市顺昌路622号　　　邮编 200025
　　　　　电话总机 021-63315947　　销售热线 021-53063735
　　　　　https://cbs.sass.org.cn　　E-mail: sassp@sassp.cn
印　刷：北京汇瑞嘉合文化发展有限公司
开　本：889毫米×1194毫米　1/32
印　张：2.75
字　数：19千
版　次：2024年7月第1版　2025年5月第6次印刷

ISBN 978-7-5520-4401-0/I·530　　　　　　定价：118.00元（全6册）

版权所有　翻印必究

伊莎贝的档案

爸爸: 席尔瓦

妈妈: 贝丽塔

特殊标志: 脖子后面有三颗痣

最喜欢的游戏: 捉迷藏

最喜欢的动物: 小金猴

最喜欢的食物: 酒心巧克力

幸运色: 蓝色

幸运物: 蓝色石头坠儿

理想职业: 儿童文学作家和插画家

必须理解爸爸们，他们的脑子里装满了各种各样的事情，还有许多难以实现的目标——工作、事业、成功、金钱……这样的生活多累啊！幸运的是世界上不仅仅只有这些，更幸运的是探险不是让你随波逐流，而是让你在探险过程中发现自己。

伊莎贝

目　录

引 子

爸爸的决定

我们将认识一位非常特别的小女孩儿，还有她的爸爸妈妈。不过她的妈妈出场不久后，就将遗憾离开。伊莎贝长到十岁了，还几乎不认识她的爸爸——大探险家佩德罗·德·席尔瓦。当然，家里有一堆他的照片，还有许多奖杯、奖状和各种证书，都是爸爸在辉煌的探险生涯中获

得的。但探险家们可不会朝九晚五地去上班，他们也没有周六日，完全没有。大部分时间，席尔瓦先生都在探索世界上无人知晓的地方，去寻找那些被掩埋或被吞没的古城，他因而不得不远离自己的家乡。

席尔瓦先生的妻子和女儿在一座安静的城市里等待着他。这等待漫长而无聊，母女二人就给生活填满了没有席尔瓦先生

也可以做的事情，比如舞蹈课、水彩课等。她们还一起去上烹饪课，当然是给主妇和女童分别开设的。总之，她们早就对爸爸的缺席习以为常了。伊莎贝出生时，她爸爸没出现，那时他正忙着寻找通往地心的通道，可不能为此抛下一切回到地表。直到伊莎贝一岁零两个月大时，她才见到自己的爸爸。

现在伊莎贝已经长大了，但一年也只能见爸爸几回，总是还没来得及习惯他的声音、他的味道和他那长满胡子的脸颊，就又到了爸爸该离开的时候了。所以可以说，她并没有很想他，但妈妈对爸爸很是思念。席尔瓦夫人生性脆弱

娇气，自然没想过和丈夫一起去当探险家，她只能待在家里，等待着、痛苦着。伊莎贝的妈妈煎熬着挨过了一日、十日、百日、千日……最后因心碎而患了重病。

当席尔瓦先生得知这个悲讯时，他

即将抵达位于南半球某座高山山顶上的一座神秘古堡。这是他生平第一次被愧疚感淹没，感觉到心里有什么东西破裂了，于是他不顾探险活动半途而废，急急忙忙地赶回了家。但为时已晚，他失去了妻子，哀痛不已。那时，他才意识到自己将面对一个十岁的面容严肃的女孩儿，他几乎认不出女儿了，她已经长大了。小女孩儿盯着他，眼神锐利，面色阴郁。他明白自己的生活必须做出改变了，否则他也可能会失去伊莎贝，于是他下定决心把女儿带在身边。

那个时候的女孩们不能决定自己的命运。即使伊莎贝反对，也不会改变什么。

不过填满伊莎贝内心的是好奇，而不是害怕。再说了，她又怎么会提前知道有什么可怕的遭遇在等待着她呢？她又怎么会想象得到探险家的艰苦生活呢？于是，她收拾好行李，准备跟随父亲去进行下一次探险活动。

第一章

出发去探险

席尔瓦先生还沉浸在妻子去世的悲痛之中，没有过多留心伊莎贝的行李箱，只让一个女佣帮忙打点一切。他们登上了船，即将横渡大洋，到达新征途的第一站——普拉多·德尔马海港。这时，席尔瓦先生仿佛猛然睁开了眼睛一样："小姑娘啊，你究竟带了多少东西？"

"爸爸，我带上了必要的东西。"伊莎贝回答道，"考虑到你说过我们再也不会回家了，我就把所有东西都带上了。"

席尔瓦先生将目光转过去，看着那堆箱子。它们几乎占据了整个船舱，只在床边留了一条缝，刚好够人挤过去爬上床睡觉。

"但是我的好姑娘啊，这些东西可没法永远跟随我们一起旅行！我们会有骡子、搬运工，但不能用来驮这些……你跟我说说，这里面有些什么？"

"所有的东西啊。"伊莎贝回答道，"我从小就玩的玩具、我夏天和冬天穿的衣服、派对和化装舞会用的服装、课本、

笔记本……"

"学习用的东西都带上，等到了普拉多·德尔马海港后，我去给你定制几套像样的衣服。其他的东西只能托付给海浪了！"

接下来，席尔瓦先生发现（你们应该已经发现了吧）伊莎贝可不像她母亲那样脆弱、顺从。

"想都别想！"她挺直身板，用尽一个十岁女孩儿的全部力量，反驳道，"这些东西代表了我的过去。这就是我目前所拥有的一切。我可不想把它们扔给鲸鱼。"

席尔瓦先生很想提高嗓门，坚定表明自己的立场。但愧疚感像蠕虫一样在他心里啃噬，告诉他：这么多年来，是他残忍地抛弃了妻子和女儿，他应该对所发生的一切负责。他长期不在家已经对女儿造成了很大的伤害，他可不能再以严厉的方式对待她。因此，他决定妥协。

"要不就这样吧，"他提议道，"咱们在普拉多·德尔马海港租一个仓库，你可以把所有东西都存放在那里，只带上最基本的必需品。等我们回来时，你会发现一切都完好无损。"但他没说的是，说不定他们返程时不会再经过普拉多·德尔马海港了。说实话，连他自己也不知道是否还回到这个海港。因为他早就已经习惯了临时起意，又常常在最后一刻改变行程。但安抚的话语会让伊莎贝平静下来，他就这样说了。

在随后几天的航行中，席尔瓦先生向女儿讲了这次探险要完成的任务——到泰斯托多岛上找寻金猴古寺的遗迹。有传言

说，这座寺庙里藏着巨大的宝藏，但没人
知道寺庙和宝藏在哪里。岛屿的中心覆盖
着茂密的丛林，至今还没有一名探险家能
活着回来，告诉人们那里究竟藏着什么。
席尔瓦先生其实根本不害怕，也不沮丧，
反而确信这项挑战非常有趣——倒不是因
为宝藏（财富对他来说无足轻重，只有冒
险才最重要），而恰恰是因为以前从来没
有人完成过这项挑战。

这个"不可能完成的任务"也让伊莎
贝十分激动。晚上，她开始在船长的餐桌
前和爸爸一起研究岛屿地图。她对探险知
之甚少，但光是"探险"这个词语就让她
兴奋不已，可见"有其父必有其女"。父

亲在女儿身上看到了那簇同样点燃过自己的火花。这么久以来,他第一次觉得心情好了一点儿。

"我的妻子啊,"他自言自语,"我曾经对你做了很多错事,但我向你保证,我一定会照顾好伊莎贝的。"这是他诚心诚意许下的诺言。

第二章

体验探险生活

他们在普拉多·德尔马海港下了船，雇了一群搬运工和一名当地向导，为伊莎贝定制了两套卡其色的探险服、两双靴子，还买了两项带防蚊面罩的遮阳帽。当地人说，谁也不能把金猴古寺的宝藏带出泰斯托多岛，但席尔瓦先生认为这些传闻不过是愚蠢的迷信。他和向导规划好了行程，便租了一艘小船再次起航，驶向这座神秘的岛屿。

伊莎贝从大包小包的行李中只挑选了一些能装在双肩背包中的东西：一本还没写完的蓝色皮革封面的笔记本、装着墨水和钢笔的文具盒、玩偶皮洛（一只长着淡

褐色毛发的猴子，从她出生那天起就一直陪伴着她）。她还选了一个护身符，那是一块挂在皮绳上的蓝色石头坠儿，她把它挂在了脖子上。

选好随身行李之后，伊莎贝准备开始她的第一次冒险了。她将小纱巾别在遮阳帽上，探险服的夹克上满是口袋，舒适的裤脚被塞进靴子里，背包背在肩上——这是一个多么干练的小探险家啊！席尔瓦先生很为女儿感到自豪。

她就这样站在甲板上，胳膊靠在船栏杆上，感受海风吹来的带着咸味的空气。眼前的大海一望无际，她欣赏着蔚蓝的大海，头顶盘旋的海鸥，还有拱起背脊跳出海面

的海豚。伊莎贝并不害怕，她觉得冒险的味道就像落在她嘴唇上的海水一样，咸咸的，美味可口，她贪婪地将它们舔掉了。

　　终于，浩渺的大海中出现了凸起的陆地，它先是灰色的，接着是深蓝色的，快要登陆时，又发现它点缀着绿色。泰斯托多岛就像一只隆起脊背的乌龟，浮现在他们面前。

最初几天是最困难的。席尔瓦先生既要负责向团队发号施令，又要忙于与向导秘密谈话，还要不时查阅旧地图和那些写得满满当当的笔记本。而伊莎贝则必须自己适应探险的生活。

岛上没有卫生间和浴室，只能凑合清洁一下，洗澡的次数也只能比平常少得多。伊莎贝编了两条辫子，并学会将它们别在帽子下面，这样她的头发就不会脏乱。她学会了以最聪明的方式使用水（可用的水并不多），一滴水都不会浪费。

岛上还有虫子的问题。伊莎贝学会了尽可能地遮住全部的皮肤，这样虫子就找不到地方下嘴。她还擦了向导建议的草药

汁液，这样很有效果。虽然手和脸上有一股像樟脑一样的怪味儿，但蚊虫一闻到就会远远地躲开。

在帐篷里睡觉也是件麻烦事。伊莎贝在行军床上铺上睡袋，但晚上很难入睡，因为有无数野生动物的叫声此起彼伏，可能是狼、猫头鹰、鬣狗或是那些根本叫不上名字的动物。早上，太阳刚刚升起就得起床了，就算还没有完全睡醒也没办法。

至于做饭嘛，幸好是由搬运工们负责。他们一般就地取材：用奇怪的香草做汤，味道刺鼻；将不知名的野兽的肉穿在长棍上烤；在火上炖些像豆角一样的豆荚，但尝起来是完全不同的味道。岛上没有冰

淇淋，没有蛋糕，没有任何美味佳肴。但伊莎贝发现用手抓东西吃很好玩儿，而且还不用洗碗呢。再说，当肚子饿得咕咕叫的时候，什么都很好吃，就算味道再奇怪也顾不上了。总之，迄今成果喜人：她这个见习探险家迅速进入角色，真正融入了探险生活。

席尔瓦先生虽然在忙着各项准备工

作，但还是注意到了这一点。"好的血统可不会说谎，"他说，"这小姑娘遗传了我的一切。"他是对的，而且伊莎贝的出色远远超过了她爸爸的想象。

第三章

爸爸，你听我说

一天黎明时分，探险终于开始了。他们拆除了营地，把行军床和帐篷折叠起来，并带上干粮。搬运工们排成一排，列队跟着伊莎贝，伊莎贝跟着她爸爸，而她爸爸则跟着向导，他们就按照这个队形开始了第一段旅程。

伊莎贝觉得这座小岛好像在严守着它

自己的秘密。那片海滩就像一个小天堂，有茂盛的棕榈树和白色沙滩，散发出清新空气，还有海浪声温柔地伴奏着。

他们离开海滩，进入了一片原始森林。这片丛林像从未被任何人穿越过，根本没有路。向导是先锋，他使劲踩倒前面的高草，但这些有弹性的草丛在他经过后立即弹了起来，紧接着又在伊莎贝爸爸的脚步下不情愿地弯折下去。伊莎贝不愿意弯着腰紧跟在爸爸后面，结果那些被踩倒的草就像是被弹簧推动一样弹回来，时不时将她的鼻子狠狠地鞭打一下。不过，很快她就学会了在行进时用双手护住脸。

探险队一路上惊险重重：首先是可怕

的大蚊子成群结队地向他们扑来，这种
蚊子对新鲜血液敏感又贪婪；好不容易逃
离了蚊子，又轮到蠓虫了，它们体形虽
小，凶猛程度却丝毫不减；接下来，有一
些像蜂鸟那么大的绿色昆虫从天而降，它
们的喙像针一般，最好是小心避开；还有
各种颜色的蛇盘绕在树枝上，甚至还有粉
色、红色的蛇，它们随时会落在探险队员
的脚下；有一些毛茸茸的小野兽，从一棵
树上跳到另一棵树上，像猫儿一样发出嘶
嘶声，这是向别人宣告，它们可不好惹。
有一回，他们还遇见了一群像猪一样的动
物，但体形是猪的两倍，皮毛是很罕见的
紫罗兰色。他们被迫给它们让行，因为每

头 "紫毛猪" 都炫耀着自己那对漂亮的獠牙，最好还是离它们远点儿。

然而，对于这一切，伊莎贝只是觉得好玩，而不是害怕。她从来没有见过这样的动物，甚至想象不出有这样的动物存在于世界上。她从前生活的城市里有一个破败不堪的动物园，里面饲养着几头从那些倒闭的马戏团买来的、上了年纪的动物。而现在，光是瞥见丛林中种类繁多的动物，已经让她深深地着迷了。晚上，他们重新扎好营，伊莎贝一边等待野菜汤，一边在笔记本上涂涂画画，记录一路上观察到的动物。她发现自己没有带颜料，这真让人恼火。于是，她在每张草图旁边都非

常详细、准确地写下野兽的外皮或毛发对
应的颜色，这样就不会忘记了，等回去找
到一盒蜡笔，她就能上色画完。

"爸爸，你看到下午那些在树上活蹦
乱跳的猴子了吗？"她趴在笔记本上，快
速地画着，"它们很漂亮。当阳光照在它

们的身上时，它们看起来就好像全身布满金丝一样……"

"是的，亲爱的。"席尔瓦先生心不在焉地说，"现在你可以让我专心思考一下明天的行程吗？我想自己还没有正确理解杜克公爵的日记，他可是一百五十年来唯一探索过这座岛屿的人……"他在专心致志地研究一本破破烂烂的笔记本，显然这就是之前那位探险家的日记。

伊莎贝对爸爸做了个鬼脸，心里有些失望。毕竟这是父女俩结伴的第一次探险，她觉得自己的记录很重要。要是爸爸肯抽出哪怕五分钟来看看她的画，并评论几句，她就会很高兴。爸爸一定会知道她

很棒，她很有天赋，而且他们遇到的动物确实非同寻常。她一直盯着爸爸，足足盯了五分钟，但他都没从笔记本上抬起头来，甚至都没有吃饭。伊莎贝郁郁寡欢，继续独自画着画。突然，她的脑子里冒出一个想法：为了以后更好地完成这些画，她决定给这些动物速写加上更加精确的文字描述。于是，整个晚上她都沉浸在这份工作中，直到火把熄灭，不得不睡觉了才停止。伊莎贝听着父亲在旁边的小床上打鼾，默默回想着之前奇怪的遭遇。她看到的那些在他们头顶上快速跳过的猴子与她的玩偶皮洛长得一模一样，只是更加小巧。它们是一种袖珍动物，非常优雅，是

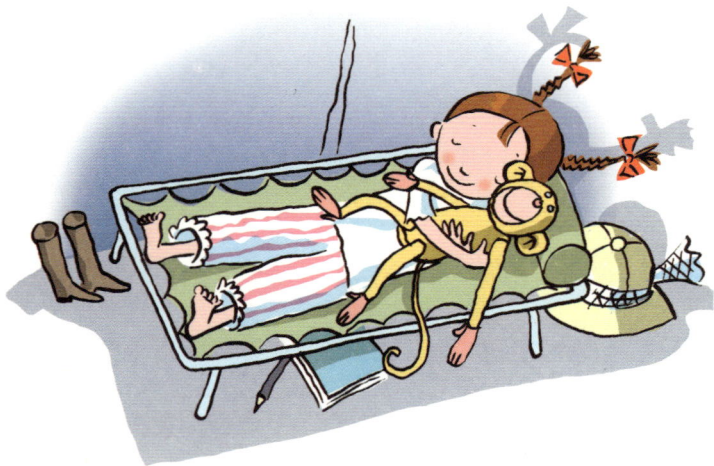

真正的金猴……伊莎贝想着那些金猴，慢慢睡着了。她做了一夜的梦：一群可爱的小猴子从树上跳下来，爬上她的手臂，给她挠痒痒。在睡梦中，她把皮洛抱得更紧了，但皮洛身上的毛确实弄得她很痒。

第四章

古寺遗址

席尔瓦先生与向导反复研究，讨论杜克公爵日记中的细节，并多次修正前进的方向。他们沿途所见的都只是巨大的树木。几天后，丛林深处终于出现了一些不同的东西。这片树林的藤蔓垂到地上，巨大的叶片遮天蔽日。"就在那儿！就在那儿！那就是寺庙！"席尔瓦

先生大声喊道。喊叫声把一群蓝鹦鹉都吓飞了。

"那只是一块普通的石头啊！"伊莎贝一边说，一边踢着那块巨大的略呈现方形的白色石头，而她爸爸则围着石头手舞足蹈。

"这可不是什么普通的石头啊！你难道没看见上面的凿痕？这是一千五百年前

岛上居民使用的典型的碎凿加工方法……
快，看这里。"

"我只看到了鸟粪。"伊莎贝顺着爸爸
手指的方向看去，嘟哝道。

"不对，我说的是下面。你看，这是
当时岛上的印第安人留下的精确凿刻……"

伊莎贝与向导交换了一下眼神，向
导就是印第安人，名叫马诺斯。据他所

说，他是当地仅存的少数土著之一，他们现在散居在小岛周边的陆地上。这座海岛至少有三百年无人居住了。马诺斯对伊莎贝微微一笑，眨了眨眼，就像在说："对于席尔瓦先生这样的反应，我已经见怪不怪了。"

伊莎贝叹了口气，她在那块石头上没发现什么有趣的东西。它就这样孤零零地矗立在丛林中央，根本不能说明这里曾有一座古寺。就算这儿曾经有一座寺庙，那也得是成千上万块石头垒成的。一堆叠放着的石头有什么令人着迷的呢？她的注意力被一只巨大的翠绿色蝴蝶吸引了。这只蝴蝶停在一块巨石上，一眨眼就飞走了，

消失在茂密的树林中。

"多漂亮啊，我从没见过这样奇妙的颜色！"她立即从背包里拿出笔记本，寥寥几笔就生动地画出了那只蝴蝶，并在空白处填满了对蝴蝶颜色的说明：这只蝴蝶绿得像海岸附近的海水……绿得像公主戒指上的宝石……绿得像高高的香蕉树顶上的叶子……

总之，我们弄明白了：伊莎贝和她爸爸是两种截然不同的探险家。她爸爸对过去很感兴趣，而她关注现在；她爸爸喜欢静止不动的事物，而她关心那些运动的、活泼的生命。伊莎贝全神贯注地观察飞过的形形色色的蝴蝶：一只是柠檬黄的，一

只是茄子紫的，一只是红绿相间的。她爸爸在丛林中踱步，确信自己发现了古寺的边界。他在只有自己知道的几个位置上打上木桩，以便绘制古寺的平面图。

他们就这样持续了一整天，伊莎贝追在蝴蝶后面，她爸爸围着石头转。直到黄昏时分，大家才不得不停止工作。搬运

工扎好营，向导打猎归来，带回一头血淋淋的小野兽。可怜的小动物很快就被烤熟了，但伊莎贝一口都不想尝。一个搬运工从自己的补给中拿出一块巧克力给了她。巧克力有点儿变软了，但还是很美味。

这次探险途中第一个重要的日子就这样结束了。席尔瓦先生打着灯笼，将一根铁丝绑在木桩上，划定出寺庙的范围。他准备等明日天一破晓，就去开展更伟大的考古行动。伊莎贝凭着记忆为形形色色的蝴蝶画素描，口中充满了印第安巧克力的味道。

第五章

森林中的精灵

日子就这样过去了。每天都惊奇地相似。席尔瓦先生在阳光下拼命工作，毫不顾及昆虫的叮咬。他只停下来喝水，因为天气炎热，不喝水可不行。这群可怜的搬运工也被迫迅速变成了考古学家，不得不跟上席尔瓦先生的疯狂节奏。幸运的是，搬运工都是像马诺斯这样的印第安

人，精力充沛。为了保持体力，他们还会咀嚼一种像蛇的舌头一样的橘黄色的花。这种花肯定蕴藏着非凡的能量，因为他们吃完后，体力就能支撑一整天。

伊莎贝只好自己活动，她一边画画一边探索，一般不会走出搬运工和她爸爸的声音可及的范围。因为丛林浓密的树叶构筑了一堵无法穿透的墙，谁也无法知道往前走一步会有什么。这个大本营已经成了挖掘现场，不过稍微走远点儿，她还是能发现不少东西。除了蝴蝶之外，灌木丛中还藏着色彩缤纷的大型昆虫。伊莎贝小心翼翼地不去碰它们，她几乎肯定它们有毒，而且是剧毒，但她仍然耐不住好奇，

仔细观察着。那有猩红色的千足虫、长着紫色翅膀的甲虫、色泽像夕阳一样的毛毛虫、半透明的黄色蚂蚁……真是什么都有。

有一天，一位印第安人照旧卷起每日要吃的橘黄色花朵，在送入口中前不小心掉落了一瓣。伊莎贝偷偷捡起来，放进嘴里咀嚼。突然，她觉得世界开始天旋地转，所有在她眼前出现的事物——蝴蝶、昆虫、大大小小的鸟儿、色彩缤纷的花朵都变得越来越大，逐渐膨胀，最终变幻成一个奇妙的世界。她在这世界里头，感觉自己非常渺小，就像《爱丽丝漫游奇境》中的爱丽丝，喝过瓶子里的药水后立刻变成了拇指姑娘，又像《格列佛游记》中小小的格列佛来到了巨人国。伊莎贝着迷地观察着周遭的一切。这次非同寻常的经历让她震惊不已，好几个小时都没缓过神来，所以她决定再也不嚼这种花瓣了，因为这样的奇迹她体验一次就足够了。寂静中不断传来沙沙声，看不见的神秘动物在高声鸣叫，展翅高飞的鸟儿放声歌唱，忙碌的昆虫专注地工作着，发出嗡嗡声……

时不时地，伊莎贝会铤而走险，稍微突破营地外围：只要向丛林中走几步就够了。那儿有奇奇怪怪的影子投在她身上，有时，身后好像有强忍着的咯咯笑声，仿佛有只小手在轻轻触摸她的肩背。可是当她转过身时，却什么都没有。

其实不是什么都没有，它们就在那儿。

比如，一天早上，伊莎贝突然觉得头顶重量减轻了，不知道谁拿走了她那顶探险家的帽子。但没过多久，她又发现帽子端端正正地挂在一根树枝上，不高不矮，她伸手就可以够到。还有一次，她像往常一样在蓝色封面的笔记本上画画，突然发现一只小手伸过来，那只手跟自己的手一模一样，只不过上面长满了金色的毛，就像戴着一只毛手套。那只小手握着她的笔，猛地一拽，把笔拿走了。伊莎贝猛然抬起头，但那里空无一人，只有树叶

在轻轻地摇晃。伊莎贝特意把笔记本放在一个倒下的树桩上，好揪出这个"神秘的强盗"。但不知道什么时候，那只笔又神奇地回来了，就躺在笔记本的上面。就在这时，有"人"解开了她用来绑辫子的蝴蝶结，那个蝴蝶结只在帽檐下露出了一点儿，但还是很快被解开了。辫子在她的背上散开来，她迅速转身，但只看到蝴蝶结的丝带摇摇摆摆地随风飘走，转眼就被茂密的树叶给吞没了。

她在那片丛林中搜寻丝带和"神秘的强盗"，拨开一片片树叶仔细找，忙碌了好几个小时，最后一无所获，疲惫地睡着了。醒来后，她发现这根丝带正好好地绕

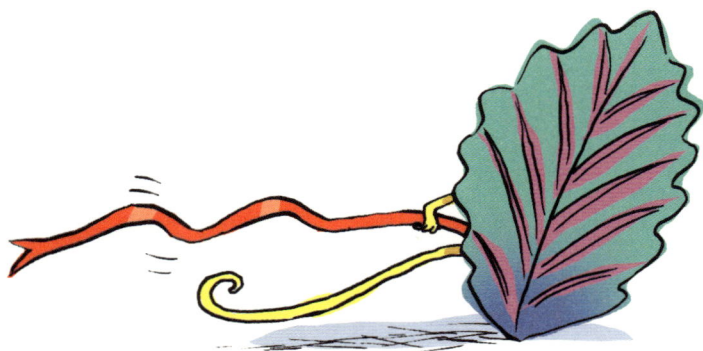

在自己的手腕上。

　　总之，有某种神出鬼没、敏捷狡猾的生物正在伊莎贝身边活动。一天吃晚饭时，她试图和爸爸谈论这件事："爸爸，你知道吗？每次我独自走进森林……嗯……"说到这里她停了下来，因为她意识到自己可能说得太多了。但她爸爸点了点头，露出笑容，表示他在听。她便鼓起勇气，继续说："我是说，碰巧有什么精灵……或是有什么东西……在我身边徘徊……陪伴我……偷走我的东西，但又总是还回来……它就在那里，但我找不到它。你觉得它是什么？"

"全是傻话，都是些小孩子的胡思乱想。"父亲说着，又低下头继续读资料。

"是真的！我跟你说，真的有精灵。我感觉到了，它很小，速度很快，是黄色的……你知道它是什么吗？"

这回她爸爸甚至都没有抬头，只是用同样的微笑机械地应对着。伊莎贝明白了，他没有在听她说话，只是在假装听，而脑子在想着别的什么。好吧，很简单，伊莎贝决定不再告诉爸爸任何事情了。

　　幸好，印第安人马诺斯非常关心伊莎贝，常常陪她谈心。晚餐结束后，他走近她，说道："小姑娘，你是一个特别的女孩儿，森林精灵对你很友好。这些精灵高兴的时候就对人友善，不高兴的时候就搞恶作剧。但是它们对你总是那么友善。这是好事，也是重要的事情。"说完，马诺斯拍拍她的头。这个动作很简单，但比爸爸偶尔给她的敷衍的拥抱要亲切得多。伊莎贝感动得眼里满含泪水。被理解、被倾听真是太好了！最重要的是被信任，这一点最让人开心。接着，马诺斯郑重地告诉她：不管那些奇怪的存在是什么人或是什

么东西，它们都是站在她这边的，她不需
要害怕它们。其实，伊莎贝不害怕，一点
儿都不害怕。

那天晚上，伊莎贝高高兴兴地上床睡
觉。这些事不是她胡思乱想出来的，有一

个朋友相信她，即使爸爸不听她讲话也没关系。

而这时，席尔瓦先生正在为自己的研究发愁。他已经确定了古寺——或者他认为是古寺的区域。他要从边沿出发，向着中心——或者他认为应该是中心的地方前进。从逻辑上讲，藏有著名宝藏的密室应该位于那里。然而，先前温和的丛林，现在却似乎在阻挠他的探索。说不定密室根本不存在，因为无论席尔瓦先生如何努力尝试，无论怎样计算和挖掘，都没有发现任何类似寺庙的蛛丝马迹，就连普通建筑的都没有。

那些就像巨人的牙齿般的方形的白色

石头，也许只是人类创造的活动标志，对于寻找宝藏没有任何意义。他到处都搜遍了，别说金块了，连金子的碎片都没看到，只找到一些闪闪发光的小碎粒。这些小碎粒是席尔瓦先生从挖出的土壤中非常小心地筛选出来的，但这些碎粒小到无法测量，甚至都无法抓起来或进行称重，而且可能只是被称为"愚人黄金"的黄铁矿。

难道传说是骗人的？也许杜克公爵的日记并没有说出全部真相？席尔瓦先生注意到了一件事情，但这件事在杜克公爵的日记中只字未提。那就是在方形白色石头的周围，有一连串奇怪的小洞，类似于田

鼠的洞穴，或者说是像老鼠那种动物挖的洞。但不管怎么说，这些洞都太小了，小到人只能伸进去一只手，因此不太可能是通往密室的道路。那么，那些可恶的密道到底在哪里呢？

总之，席尔瓦先生专心地忙着，无暇顾及女儿也是有原因的，所以伊莎贝也愿意原谅他。但是你们这些读者是不是不

乐意了？因为他对待女儿的态度还是没有改善。他曾经把妻子和女儿留在家里，几个星期，甚至几个月，都想不起她们的存在。但现在，女儿就在这里，就在他身边，只有一步之遥，他还是注意不到她。其实，伊莎贝很乐意助爸爸一臂之力，要是爸爸能稍微听听她的话就好了。

　　亲爱的小读者，咱们都耐心点儿。这个故事，要想看到精彩的结局，真的就必须这样展开——必须是一个心不在焉的父亲和一个专心致志的女儿的故事。所以，让我们接着往下看，故事的高潮马上就要到了。

第六章

真正的宝藏

现在，伊莎贝只有一个目标：找出她周围的那些神秘小精灵，这些小精灵来无影去无踪，无声无息又喜欢恶作剧。于是她决定设下一个圈套。她把母亲送给她的那个蓝色石头坠儿从脖子上解下来，捧在手心里看了看。这颗宝石真漂亮啊，看起来像天国的水滴，清澈透亮。接着，她

把它挂在一根垂得很低的树枝上，又在旁边系了一些用来绑辫子的丝带。她打出许多蓬松饱满、漂亮显眼的蝴蝶结：粉红色的、黄色的、绿色的、蓝色的……好像一群五颜六色的巨型蝴蝶列队守护着那颗静静地闪耀光芒的蓝色石头。一缕阳光照射在宝石上，折射出五彩光芒，在四周的树叶上舞动着，这个角落就像丛林中的仙女家园。

难道那些神秘的精灵当真是仙女？伊

莎贝读过的书里尽是这样的故事：只有大拇指高的小仙女，动作敏捷，长着像蜻蜓一样的翅膀，从这片叶子上飞到那片叶子上。她们头戴花冠，喜欢捉弄孩子们……伊莎贝站在一片巨大的芭蕉叶下，仿佛披着一件斗篷，自言自语："但是不可能啊！这个地方如果真的有仙女，她们就会像马诺斯和他的朋友们一样，有着古铜色的皮肤，穿着兽皮做的衣服。而且她们一定会因为从早到晚吃这些奇花异果，而长得圆润而丰满。"

伊莎贝沉浸在自己的幻想中，差点儿没注意到，第一个小精灵正悄无声息地靠近，那块"天国水滴"石头晃动了

起来。幸好洒落在树叶上的光芒随之闪烁，让她立刻警觉起来。她看到一只小金猴（与她的玩偶皮洛非常相似）正在用一根毛茸茸的小手指抚摸着她的宝石，感到惊讶极了。一只、两只……五只……十只……二十只，空地上刹那间就挤满了猴子。

就是伊莎贝登陆泰斯托多岛那天看到的那些奇怪的小猴子，只是她后来遇到了太多新鲜事，就把它们给忘了，甚至对再也没有看到它们也不感到惊讶。现在她明白了，原来这些小金猴是这么谨慎和害羞的动物。第一天她之所以能够瞥见它们，纯属偶然——要知道，岛上不知多久没有

来过人了。只不过它们当时被吓倒了，于是立刻藏了起来；但出于好奇，便有了前面几次速战速决的"偷盗事件"；今天，也正是好奇心瓦解了它们的警惕性。

"你们真漂亮啊！"伊莎贝轻声说道。她激动地拍起手来。听到掌声，小金猴们立刻齐刷刷地转向她，立在那里呆住不

动，保持了很长时间，随后又快速地消失在树林中。

"哎呀，不好了！"伊莎贝低声说，"看看，我又把你们吓倒了，以后我再也见不到你们了！难道刚才的一切都不是真的？你们只是我一闪而过的想象？我只是梦到过你们，其实你们并不是真实存在的，对吗？你们永远不会再回来了，永远不会了！"

想到这儿，伊莎贝又紧张又难过，情不自禁地放声大哭起来。

她把脸埋在双手里哭泣，肩膀颤抖着，没注意到小金猴们用手指拨开树叶，悄悄地回来了。它们用金色的大眼睛交换

了眼神，然后慢慢地靠近伊莎贝，没碰到
一根树枝，最后把她围在了中间。

伊莎贝此时已经趴在了一个老树桩
上。她平静下来，擦干眼泪，环顾四周，
这才发现身边围满了小金猴。它们像精灵
一样小小的，优雅无比，全身长满了又黄
又细的毛，在阳光下闪闪发亮。

"噢，从近处看，你们更漂亮了！"
她一边低声说着，一边向它们伸出双手。
有三只小猴子爬到了她的右手上，还有三
只爬到了她的左手上，其余的则趴在她的
膝盖和肩膀上。它们身上散发出一种混合
了蜂蜜和花草的香味儿。它们软软的小爪
子上长着老茧，触摸伊莎贝时，会在她的

皮肤上留下微小的金色小印子。它们的鼻子湿漉漉的，像小狗一样。它们用鼻子轻轻地磨蹭着伊莎贝，表示友好。它们蹦蹦跳跳时，会在身后升起一团金色浮云，是月亮的光晕？是黄金的光影？是黎明的曙光？伊莎贝被这迷人的景象深深吸引了。小金猴们太神奇了，看起来那么柔软和脆弱，却对伊莎贝充满信任，毫无防备。

这个下午，就在伊莎贝和小金猴们的拥抱和嬉戏中转瞬即逝。小读者们，要是你们想知道伊莎贝和小金猴玩了些什么，只能去查阅她保存在奇妙博物馆（对，就是《勇敢的佳塔：说谎的魔法镜》里的那个奇妙博物馆）里的笔记本了。因为在当天晚上和随后的几天里，伊莎贝都满怀热情、耐心细致地在笔记本上描述了这一切。和这个笔记本珍藏在一起的，还有许多珍贵的文物，比如埃及艳后克利奥帕特拉的口红、维纳斯女神的镜子、亚历山大大帝小时候的玩具、伽利略的万花筒，等等。

好了，我们再回到伊莎贝的故事里。只有马诺斯知道伊莎贝和小金猴的秘密，他理解地点了点头："好姑娘，你现在知道了泰斯托多岛的秘密。你的心里藏着真正的宝藏。"

要是席尔瓦先生愿意花一点点时间去了解，他的女儿整天独自在丛林里做些什么，那该多好啊！这样，他就可以为自己省去多少痛苦和失望啊，因为宝藏就在眼前，他却徒劳无功地在别处寻找，苦苦挖掘，日复一日。如果你还没明白，那你可真是个迟钝的小读者。不过，既然是我在讲故事，那我就不厌其烦地给你再解释一下吧：古寺的宝藏就在金猴身上，圣殿的

中心并不是一间什么密室，席尔瓦先生和他之前的杜克公爵的推测都毫无根据。古寺的边界的确由一堆像巨人牙齿一样的大石头划出来，但那是一个地下金矿，人类是不可能找到的，因为通往那里的道路就是由小金猴们挖的小洞洞。它们就住在金矿里面，睡在铺满黄金的隧道里，呼吸着这珍贵矿物的细小颗粒。它们皮毛里满是金粉，是名副其实的"金猴"。这不只是说它们的颜色是金色的——它们在阳光下闪闪发光，就像能行走的金块一样；它们打喷嚏时，喷出来的全是金粉；它们的小爪子所到之处都留下了十分珍贵的黄金的痕迹。

伊莎贝一点一点地发现了这个秘密。在那一天和接下来的几天，她花了很多时间和她的小金猴朋友们待在一起，跟踪它们，观察它们，看着它们消失在洞里。（当然，是在她的父亲和挖掘者们离得很远的时候。）每当小金猴们从洞里钻出来时，它们的毛发都会变得比以前更金黄、更闪耀。

一天晚上，伊莎贝坐在篝火旁，把自己的发现和总结讲给了马诺斯听。马诺斯点点头表示同意："小姑娘，你已经明白一切了。只有不贪心才能接近珍宝。封闭的心就像一块石头，不能理解，也不能接受这个道理，所以也不可能获得宝藏。"

这是他们两人之间的秘密。伊莎贝也想和爸爸好好谈谈她的发现，但她有些担心：爸爸满怀探索的激情，如果他揭开了岛上的秘密，会不会对金猴们造成伤害，就算不是出于他的本意？会不会有人想要把一些猴子带到首都去，向世界展示泰斯托多岛的秘密？如果更多的人知道了小金猴和它们守卫的金矿，会不会有人到岛上来掠夺呢？如果那样，这些小精灵拥有的美好世界就会被摧毁。就算是小孩子也明白这一点，但伊莎贝很担心她爸爸意识不到这一点。

不过，也许她错了，说不定她爸爸会像她一样被感动，会尊重这些小生命和

它们的世界，会欣赏伊莎贝接近它们的谨慎态度，也会赞赏她研究小金猴的专注精神。让我们保有这个希望吧。但是，也说不定他不会这样想。在这个故事里，伊莎贝可不想冒险，我们也不愿意去想象，将来的某一天在博物馆里看到被制成标本的小金猴，更不愿意看到用它们的皮毛做成的大衣和围巾。所以，就让故事在这里结束吧！

尾声

永远的秘密

就到此结束吧，但有一些事情还需要交代一下。伊莎贝、席尔瓦先生和探险队后来发生了什么故事，当然你也许猜到了——席尔瓦先生不停地寻找就藏在自己眼皮底下的古寺和宝藏，他终于累了。一个晚上，绝望而痛苦的他将杜克公爵的珍贵日记、地图和剩下的一切都扔进火堆里，烧掉了。

第二天，他们收拾行李离开泰斯托多岛，再次出海并返回普拉多·德尔马海港。席尔瓦先生结清了向导马诺斯和搬运工的工资，和伊莎贝一起回家了。这次与以前不同，他在家里待了很久，以便让自己从失望中恢复过来，并为下一次探险做周密的准备。

伊莎贝怀着忧伤的心情告别了小金猴，她没有忘记给它们留下一份小礼物。要是有谁碰巧来到泰斯托多岛上，并有足够的运气和耐心见到那群小金猴，也许会注意到一只小金猴的脖子上挂着一个用皮绳拴着的蓝色石头坠儿，那宝石看起来像

天国的水滴一样清澈透亮。他也许会觉得
奇怪，猴子怎么会喜欢这种装饰呢？但说
不定，他根本不会注意到任何事情，因为
光是小猴子身上那奇妙的金毛就足以让人
眼花缭乱了。

　　无论何时何地，小金猴们永远都陪伴

着伊莎贝，当然不是说它们真的在她身边，而是永远住在她的心里。再说，她还为它们画了很多速写，把笔记本全给画满了。一回到普拉多·德尔马海港，她就立即拿出蜡笔和水彩笔，赶紧给速写画上了颜色，以免忘记。

从那以后，伊莎贝一直跟随父亲探险，她总是能有独到的发现。虽然比不上这个故事中对小金猴的发现那样惊奇，但她善于观察，能够注意到大多数人忽视的东西。凭借这些丰富的经历、独到的发现，加上生动的想象力，她写出了许多美丽的故事。伊莎贝还给这些故事配上了精美的插图。

伊莎贝的故事都是为孩子们写的，因为只有孩子才能够理解那些事情。所以当她长大后，她就成为了一名儿童文学作家和插画家。要知道，这两种工作都很有趣。只要你也具备伊莎贝所拥有的品质——独立自洽、勤于思考、充满好奇心、专注和善于观察，并且尊重和热爱世

间万物，那么你也可以尝试一下哦。如果
我们知道怎么正确地看待一切，那么大千
世界总会带给我们惊喜。

勇敢的非凡女孩：佳塔

自信的非凡女孩：梅达

机智的非凡女孩：乌玛

独立的非凡女孩：伊莎贝

坚强的非凡女孩：库莎

宽容的非凡女孩：安吉拉

_____的非凡女孩：_____

在丝带里画上你的自画像吧，你和她们一样！

非凡女孩

坚强的库莎

幸福的珠链

［意］贝亚特丽斯·马西尼　著

［意］德西德里亚·桂西阿迪尼　绘

彭倩　译

上海社会科学院出版社

SHANGHAI ACADEMY OF SOCIAL SCIENCES PRESS

图书在版编目（CIP）数据

坚强的库莎：幸福的珠链 / (意) 贝亚特丽斯·马
西尼著；(意) 德西德里亚·桂西阿迪尼绘；彭倩译
. -- 上海：上海社会科学院出版社，2024
（非凡女孩；5）
ISBN 978-7-5520-4401-0

Ⅰ.①坚… Ⅱ.①贝…②德…③彭… Ⅲ.①儿童小
说—短篇小说—意大利—现代 Ⅳ.①I546.84

中国国家版本馆CIP数据核字（2024）第105954号

© 2012, Edizioni EL S.r.l., Trieste Italy on *Kusha e le perline*

上海市版权局著作权合同登记号：图字 09-2024-0382 号

坚强的库莎：幸福的珠链

著　者：［意］贝亚特丽斯·马西尼
绘　者：［意］德西德里亚·桂西阿迪尼
译　者：彭　倩
责任编辑：赵秋蕙
特约编辑：李虹霞
装帧设计：乔雅琼　任伟嘉　盛广佳
出版发行：上海社会科学院出版社
　　　　　上海市顺昌路622号　　　邮编200025
　　　　　电话总机 021-63315947　　销售热线 021-53063735
　　　　　https://cbs.sass.org.cn　　E-mail：sassp@sassp.cn
印　　刷：北京汇瑞嘉合文化发展有限公司
开　　本：889毫米×1194毫米　1/32
印　　张：2.75
字　　数：19千
版　　次：2024年7月第1版　2025年5月第6次印刷

ISBN 978-7-5520-4401-0/I·530　　　　　　　　定价：118.00元（全6册）

库莎的档案

爸爸：库杜

妈妈：肯扎

特殊标志：一头鬈发

最喜欢的玩具：不玩玩具

最喜欢的动物：狐猴

最喜欢的食物：红糖

幸运色：红色

幸运物：白色珠子

理想职业：珠宝设计师

罗马很大，到处都是建筑；人很多，非常嘈杂。这里黑白分明，白的像坚冰，黑的像泥巴。但我的家乡却是丰富多彩的——湛蓝的天空，色彩斑斓的动物，绿色的果树……就像我手里穿的珠子一样五颜六色。我知道，总有一天，我会回到家乡去的。

库莎

目　录

引 子

来到罗马的小奴隶

贵族，指的是那些既有钱又有地位的家族。贵族在古罗马时期很常见，那些贵族家里通常有很多奴隶。奴隶是贵族的私有财产，就像家具或其他物品一样，可以被买卖。

如果奴隶表现得好，或者对主人来说特别有价值，有时候也可以得到自由，

然后他们就成了"自由人"。

　　这个故事的主人公是一个皮肤黝黑的小奴隶，叫库莎。她被人贩子从非洲抓来，卖到了罗马的弗拉维亚贵族家庭。"弗拉维亚"这个名字在拉丁语中是"金色"的意思。库莎的家和这个高贵的家庭比起来，简直是一个地下，一个天上。

弗拉维亚这个贵族家庭不仅是库莎冒险旅程的起点，也是她倒霉旅程的起点。不过，库莎是个既美丽又机灵勇敢的小女孩儿，她最后成功地解决了那些倒霉事。这就是我们把库莎称为"非凡女孩"的原因。

第一章

被迫离开故乡

努比亚是非洲的一个地名，位于埃及南面。古时候，那里非常富裕，因为那个地方埋藏着大量的黄金，吸引了全世界大批的投机者去淘金。不过，要是没有找到黄金，那些贪婪的人就会带走别的东西，比如说把那里的男人、女人或小孩子抓回去当奴隶贩卖。

库莎是一个努比亚小女孩儿，她被一个人贩子拐走，被带到了距离罗马不远的海滨城市奥斯提亚。在那里的市场上她被卖给了一个贵族家庭，就是我们前面提到过的弗拉维亚家族。当时，弗拉维亚先生正在逛市场，想找一匹赛马，但市场上只有拉货的马，所以他就逛到了卖奴隶的地方。弗拉维亚先生是一个好人，当他看到这个肤色黝黑发亮的小女孩儿挤在奴隶展台上，差点儿被旁边的大手大脚给压扁了的时候，不禁心软了。

于是，他向人贩子开了个价。可人贩子非常贪婪，把库莎的价格翻了一倍，贵得都可以买到一个成年奴隶了。但弗拉维

　　亚先生已经决定要买下库莎，所以他毫不犹豫地付了钱，带走了库莎。在回家之前，弗拉维亚先生先带库莎去小旅店里洗了个澡，让她饱饱地吃了一顿，并把她那身破布给换成了优雅干净的新衣服。

　　　关于库莎被拐卖之前的故事，我们知道得不是太多，因为她受到了惊吓，几乎

完全不记得以前的事情了。不过我们可以

大概想象一下：有一天，库莎正在森林里

独自玩耍，突然来了一群人贩子。他们用

一张网，像抓小麻雀一样把她给捉住了，

并捆了起来。库莎哭喊挣扎，可是那些人

太强壮了，不仅没有放开她，反而将她绑

得更紧了。

接着，他们就把库莎和其他奴隶一起塞到一条船上，沿着尼罗河一直开到了海边。在那里，他们换上了另一艘大船，接着又开始了一段令人难受的旅程。当弗拉维亚先生在市场上发现库莎的时候，她已经离开家乡四个月了。她浑身脏兮兮的，骨瘦如柴——因为她太想家了，根本吃不下东西。人贩子非常凶狠，只给奴隶们吃一丁点儿食物，还总是责打他们，所以库莎没学会几句拉丁语，只学会了一些脏话和粗暴的命令。

当弗拉维亚先生单独和库莎待在一起的时候，他心想：也许我犯了一个错误。这个小姑娘看起来严重营养不良，洗干净

之后显得更加瘦弱，也许她根本活不下来。再说了，弗拉维亚家的女儿们和库莎的年纪差不多，该怎么向她们介绍库莎呢？

库莎是个非常机灵的小女孩儿，她很快就明白应该抓住眼前这个机会。虽然这个白皮肤、卷头发、衣着整洁的大个子让她有点儿害怕，但是从大个子看她的眼神中，她看出这人一点儿都不坏。跟着他也许能过上好日子，库莎想。

于是，被带到弗拉维亚家后，库莎就把眼睛和耳朵都打开，在最短的时间里尽量学习更多的东西。由于她本来就聪明，所以没过多久，她就能听懂主人和家里其他人说的话了，也能很好地完成分配给自

己的工作。这个贵族家里的生活很不错，奴隶们可以吃得很饱，而且工作量也不会很繁重。尽管他们还是要干不少活儿，可至少不会被虐待，也不会挨打，除非偷东西或者撒谎。

库莎学会了鞠躬，学会了说"是"，也学会了如何做好自己的工作。她干的都是些小姑娘能干的活儿，比如说：用鸡毛掸子给花瓶扫扫灰，去厨房帮忙择菜，或者帮主人拿东西。一个来自西亚的胖厨娘塞夫拉很喜欢库莎，总是让她待在厨房里帮忙，偷偷给她吃最好的食物，那些会上主人餐桌的食物。于是慢慢地，库莎又恢复了健康，她的皮肤开始重新焕发光彩，

眼睛里也有了亮光。不过，她眼睛深处还是有一丝忧郁，那是因为她失去了自己原来自由的生活。奴隶们的遭遇都和库莎一样，所以他们很理解库莎。他们爱护着小库莎，让她不再觉得孤单。

第二章

五颜六色的珠子

奴隶们的主要工作地点是厨房和花园，那里其实充满了乐趣，很好玩。尤其是夏天的时候，主人一家离开罗马，去阿尔巴尼山上度假时，就更好玩了。他们经常要在山上待好几个星期，有时甚至一整个夏天都不回来。山上的庄园里有奴隶，所以没必要将城里的奴隶带过去。于是，

库莎他们就可以在罗马那个空荡荡的家里，尽情享受一个美好的假期。

当然了，还是有很多事情要做：他们得把房间打扫得干净整洁，花园要定时浇水，喷泉也要经常清扫。但好处是，不再需要准备主人的三餐，也不再有宴会。主人弗拉维亚先生很少去度假（他一般留在城里忙生意），是个极容易满足的人。如果家里人都不在的话，他就经常去朋友家吃饭，所以厨房只需要给奴隶们准备吃的就行了。

在那段时间里，厨娘塞夫拉总是尽可能地满足库莎他们的要求。她会做奴隶们爱吃的食物，而不是异国他乡的罗马菜

肴。于是餐桌上就出现了香喷喷的蒸肉丸
子、蒸鱼丸、小蛋糕、荞麦炸糕、豆瓣
酱，以及加了大蒜和香料的豌豆，还有其
他能让奴隶们回忆起家乡的美食。

　　美美地吃完饭后，奴隶们就开始唱歌
闲聊，讲述自己的回忆和想法。有一天晚
上，一个同样来自非洲的奴隶玛丽塔从衣
服里拿出一个布包。"今晚，"她说，"我

要向你们展示我家乡特有的颜色。"她解
开绳子，把布包铺平，包里的东西顿时把
墙上的烛光映得更加明亮了！

包裹里有无数的玻璃珠子，各种尺
寸、各种颜色的都有。有些珠子只有一种
颜色，有些染上了很多种颜色，有些几乎
是透明的，有些上面有斑点，还有一些带
有螺旋状的条纹。

"好美啊。"厨娘塞夫拉用指尖轻抚着
这些珠子说。

"是啊。"玛丽塔的声音里透着一丝
悲凉，"今天我在市场里遇见了以前的朋
友昆塔，他给了我这些珠子。你们都知
道，我和昆塔以前是一个村子的。但我不

知道该拿这些珠子怎么办，我从没学过怎么把珠子穿成项链和手镯。我是个笨手笨脚的人，线在我手里总是打结，最后我肯定会把它们弄断的。而且我也不擅长搭配颜色，所以只能让这些珠子保持原样了。"她边说边把布重新包起来。

"等一下！等一下！"库莎突然从凳子上蹦了起来，所有人都吃惊地看着她，因为她一直都是个沉默的小女孩儿，而这时她就像一只受惊了的小动物。库莎被其他人盯得心里发毛，她缩着肩膀，恨不得能让自己赶快消失掉。但厨娘鼓励她："说吧，小姑娘，你是不是喜欢这些珠子？我相信玛丽塔会送给你一个的。"她

一边说，一边向玛丽塔使了个眼色。

"不，不，不是。"库莎小声说，"我想说……我想说我知道怎么穿珠子。把它们就这样放着真的很可惜，我想把它们穿起来。那是这些珠子的使命，我可以帮忙。"

听了这些话，玛丽塔笑了，她又打开了包裹。"小库莎，你说对了，每样东西在这个世界上都有自己的使命，珠子也一样。这些都交给你。"她慷慨地说道，"我相信你能让它们变得更美。"

从那天开始，库莎就开始了自己真正喜欢的工作：把玛丽塔的珠子穿起来。她向别人要来了针线，然后把所有的东西都

放在厨房角落的一张小桌子上。厨娘喜欢一边做饭，一边给库莎讲自己小时候的故事；而库莎则一边听故事，一边把珠子穿起来。

库莎先把珠子堆在一起，然后挑选出最鲜艳、最有特点的珠子来穿。她尝试了

很多种搭配的方法，设计出了项链、手镯和耳环。库莎不让别人靠近她的工作台，包括厨娘在内。不过厨娘并不介意，还像赶小鸡一样帮她赶走那些好奇的围观者，甚至对玛丽塔也是如此。不过，玛丽塔路过那儿的时候，总是远远地笑着看上一会儿。

晚上，库莎就用一块薄布将桌子盖起来，因为她要保密。厨娘不准别人多管闲事，也不许别人向库莎提问。再说了，看到库莎变得神采奕奕，其他人也很高兴。这就够了，大家也没有多问。虽然说不上幸福，但库莎的心情比她刚来贵族家里的时候好多了。

第三章

坏脾气的小姑娘

终于有一天，在晚饭前，库莎走到厨娘身边对她说："我做完了。"

"你真棒！"厨娘对她说。

"是啊！"库莎高兴地说，"我的大脑和手指都知道如何穿这些珠子，我一点儿都没有弄砸，我做得很好。"

"我们待会儿一起来欣赏吧。"厨娘用

调侃的语气说，"来吧，帮我一起准备食物，希望不会弄坏了你那宝贵的手指头。"

以前，在罗马人的家里，晚饭通常都吃得很早。这是因为当时还没有电，他们要早睡早起，这样就能充分地利用白天的阳光来照明。不过那天晚上，和所有主人不在的晚上一样，大家吃得很晚，因为厨娘精心准备了一顿大餐，对奴隶们来说，皇帝享用的美食也不过如此。

酒足饭饱过后，厨娘拍了拍手，说："请大家安静！下面，库莎将向我们展示她的作品！"接着她又拍了拍手说："请模特出场！"

库莎的串珠首饰当然首先得戴在玛丽

塔身上了，那是她应该享受的。库莎还用首饰打扮了另外两个年轻的希腊奴隶：阿迪娜和爱贝。三个模特慢慢地走着，她们轻轻地歪着头，好让那些修长的耳环晃动起来。她们还抬起手，展示着腕上的手镯。

耳环、项链、手镯随着脚步有节奏地晃动着。台下的观众不断发出"噢"或"哇"的惊呼声，他们对这些作品赞叹不已。

"这个小女孩儿的手指真是有魔力！"菲波说。他是一个白胡子老头儿，也是奴隶当中的智者。女人们都跑到模特身边，近距离地观看库莎的杰作，还纷纷要求

试戴。

厨娘突然又拍了一下手，喊道："哎，我说，我们是不是忘记了一个人啊？"厨娘跑去找到缩在角落里的库莎，拉着她的一只胳膊，把她带到了房间中央。接着，厨娘又把玛丽塔脖子上的一条项链拿下来，戴在了库莎脖子上。

"小姑娘，你真是太棒了！"厨娘说。所有人都点点头表示同意，纷纷过来拥抱小库莎，库莎觉得自己很久很久没有这么开心过了。

大方的玛丽塔决定将项链、手镯和耳环分给家里的女奴隶们，她还送了一些首饰给那些有女朋友的男奴隶，祝愿他们早

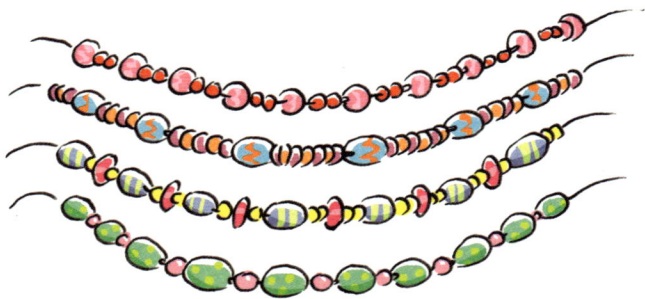

日成家。从那时起，这个贵族家里的每一个女奴隶都骄傲地戴上了一件色彩艳丽、充满活力的首饰，那成了她们白色或灰色工作服上唯一的装饰品。

玛丽塔答应库莎再去弄一些珠子来，这样库莎就可以继续制作首饰了。但过了好几个星期，玛丽塔的朋友昆塔还没有找到珠子，所以库莎不得不重新开始以前的工作：打扫卫生、整理房间、在厨房里帮

忙。不过那些珠子，还有颜色的新组合一直在她的脑子里盘旋。

这一天，贵族一家休完长假，回到了罗马。

对于贵族家庭的女奴隶们来说，戴首饰已经是一件很平常的事情，可是弗拉维亚太太和三个女儿却不知道这件事。所以她们一回到家，就马上注意到了奴隶们身上那些漂亮的首饰。

第一个看到的是丽维雅，一个十岁的金发小女孩儿。马车还没有在院子中央停稳，她就跳下来喊道："不公平！我还从来没有戴过这么漂亮的项链！"那个时候，库莎正和其他女奴隶一起排着队等候

主人下车。丽维雅跑到库莎面前，把她脖子上的项链扯了下来，珠子散落了一地！

库莎一动也不动，她低着头，可是脸颊上却滑落了大颗大颗的泪珠。

丽维雅的妈妈茉莉亚看到这个情形，马上严肃地走下马车，呵斥女儿道："丽维雅，你在干什么？你看看你闯的祸！你

的任性毁了一条多么美的项链！马上回到你的房间里去，没有我的允许，绝对不许出来！"

虽然茱莉亚感觉到了库莎的悲伤和气愤，但她没有要求女儿道歉，因为贵族从来不会向奴隶道歉，绝对不会。

另外两个女儿，双胞胎姐妹洛丽亚和朵米亚却不像丽维雅那样傲慢淘气，她们总是友善又礼貌。丽维雅在学校让老师抓狂，在家里折磨仆人们，欺负自己的妹妹，妈妈也拿她无可奈何。"你看着吧，没人的时候她妈妈肯定会好好教训她一顿的。"厨娘在库莎的耳边悄悄地说。

这时，茱莉亚走到了库莎身边，抬

起她那布满泪痕的小脸。"你的项链真的很好看。"茱莉亚说，"我会尽一切可能还给你一条一模一样的。"接着她转向厨娘，说："你打发人去市场，给这个小女孩儿买一条新项链，和坏掉的那条一模一样。"

"夫人，这恐怕不可能。"厨娘回答道。

"怎么不可能？"茱莉亚问。

"是这样的，夫人，因为整个城市，包括整个国家，都没有一个市场里有一条那样的项链。"厨娘说，"因为那是库莎亲手做的，是一条独一无二的项链。"说完，她抬起自己的手腕，在主人的眼前晃了晃。

放在平时，厨娘这样的举动肯定是无
礼的，但今天的场合特殊。这时，茱莉亚
才发现：家里的女奴隶每个人都戴了一件
彩色串珠首饰，每一件都漂亮极了。

　　"那就给这个小姑娘再去找点儿珠子

来，让她再做一条项链，也替我做一条。"

茉莉亚说完，转身走进了家门。厨娘对库

莎挤了挤眼睛——这虽然是一件令人很不

愉快的事情，但是结果还不错。有了主人

的同意，库莎就可以干自己最喜欢的事情

了，一个小奴隶还能奢求更多吗？

第四章

因祸得福

丽维雅没有因为自己的错误而受到惩罚——毕竟她是主人的女儿，而库莎只是一个小奴隶。不过丽维雅也知道自己有点儿过分了，她也很清楚自己的性格并不好，而且当着大家的面被妈妈训斥总是一件不太好的事情。

每次丽维雅犯了错，大家就说："她

的性格就是这样，没有办法。"所以这倒成了一个借口。再说，她终归是一个罗马贵族的女儿，所以任性点儿也没什么。总之，没过几天，丽维雅就原谅了自己，又恢复了原来的本性。只有在妈妈面前，她才会对被自己欺负过的小奴隶库莎稍微友善点儿。

而这时，玛丽塔的朋友昆塔在别的市场上找到了很多珠子，他兴高采烈地将珠子给这个非洲小姑娘带了过来。现在，库莎在罗马的奴隶圈里已经小有名气了。

得到了主人的允许后，库莎又重新开始在她的小工作台前工作了。丽维雅经常来到厨房好奇地观察，沉默地看着库莎用

手指快速地选珠、穿珠、打结。

　　厨娘假装在炉子旁干活，实际上眼睛一直盯着她们，生怕丽维雅再闯祸。如果丽维雅又大发雷霆，把整张桌子都给打翻了呢？或是她绊了一跤，把桌子弄倒了

呢？厨娘在这个贵族家里待了很多年，她知道丽维雅有多淘气。但事情进展得很顺利，至少在一段时间内是这样的。

库莎忙着做自己的首饰，在得到主人的允许后，她甚至还开始卖首饰。她当然不能出门，但年纪大一点儿的奴隶可以出去，他们经常向别人家的奴隶展示库莎的作品，库莎的首饰能让奴隶们想起远方那遥不可及的家乡，所以大家也很乐意买。弗拉维亚家的主人们很善良，他们允许库莎靠这个小买卖存点儿零花钱，他们觉得库莎长大后也许用得着这笔钱。

就这样，这个来自非洲的小奴隶似乎过得还不错。直到有一天，丽维雅向妈妈

提出：她想让库莎成为自己的私人奴隶。

　　妈妈没多想，就直接同意了女儿的要求。丽维雅真是个专横的人，自从库莎成为她的私人奴隶以后，哪怕是没什么事情要做，她也总是强迫库莎和自己待在一起。她让库莎待在房间里一动不动，像个雕塑那样站着，等着自己的吩咐，或者看着自己玩耍、上课。

这样库莎就没多少时间做首饰了，这让她很不开心。她想起在厨房里的那些日子：一边穿着珠子，一边闻着炉火上食物的香气，听着厨娘亲切地闲聊，那是她生活中最美好的时光。虽然这个家永远都不可能是自己的家，但在那些时候，库莎有了一种家的感觉。

而在丽维雅的房间里，库莎什么都干不了，什么都不能碰，她觉得自己在浪费时间。但实际上却不完全是这样，因为听着丽维雅上课，库莎不知不觉地也学会了好多东西。丽维雅总是忘记学过的知识，所以老师只好不断地重复，好让她能记住。而库莎呢，她可是个很机灵的小女孩

儿，她像海绵一样吸收着所有的知识。

学习对所有人来说都有好处，因为学习能让我们的头脑变得更敏捷、更灵活。尽管有些知识看起来好像没什么用，比如说语法，可实际上它们却很有用，而且在学习的过程中还可以锻炼我们的头脑。如果坚持学习，总有一天头脑能有一个很大的飞跃。

库莎的大脑总是在运行着，做着锻炼。而丽维雅很懒，她的大脑仿佛从来不运转，不过她倒是很成功地让库莎远离了穿珠子这件事。其实，她让库莎做私人奴隶的真正原因是嫉妒。丽维雅生活在富有的家庭里，集万千宠爱于一身，一个像她

这样什么都不缺的小女孩儿，决不能忍受贫穷又孤独的库莎拥有她所没有的东西——天赋。

所以丽维雅用尽一切办法，想剥夺库莎的天赋，可是她却不明白：天赋是没有办法被剥夺的，当然也不能花钱买。有人天生有天赋，有人天生没有，就这么简单。

第五章

一宗奇怪的失窃案

丽维雅想尽一切办法，让库莎没有时间做首饰；同时，库莎也想尽一切办法挤时间去做首饰。她利用丽维雅不在家的每一分钟，比如说丽维雅和妈妈一起去别人家里做客的时候，或是晚上丽维雅睡着后，她就挤出睡觉时间来做一会儿。

她做的首饰让大家都很满意。库莎还

开始替玛丽塔准备一套结婚用的首饰，因为玛丽塔的朋友昆塔已经向她求婚，而且主人弗拉维亚已经同意了。更棒的是，弗拉维亚和昆塔的主人还约定：在两个奴隶结婚的时候还给他们自由。这可是一件大事，所有的奴隶都盼望着这样的时刻。总之，对库莎来说，一切都进展得不错。

丽维雅还是很嫉妒，非常嫉妒，而且这次更嫉妒了。她看到库莎虽然贫穷，但很开心，而自己呢，虽然拥有一切，却并不开心。所以她决定用一种极其残忍的办法，来夺走库莎拥有的快乐……

丽维雅有一个象牙色眼睛的木头洋娃娃，叫作菲娜。这个洋娃娃和她的双胞

胎妹妹的那些洋娃娃截然不同：双胞胎妹妹的洋娃娃只是在几根木棍上缠上一些绷带，像新生婴儿一样包得严严实实，完全看不到脸，而菲娜却是一个真正的洋娃娃。

菲娜的胳膊和腿都可以动，手、脚都是精心雕刻出来的。象牙色眼睛里有两颗大大的黑眼珠，使她散发出一种神秘的埃及色彩。她小脑袋上的头发是用马毛做的，跟真头发一样。菲娜穿着一件带红色花边的白裙子，跟她的小主人丽维雅的一件礼服很像。

菲娜是弗拉维亚先生从一个雕塑家手里买来的，雕塑家通常都是做高大的雕

塑，所以菲娜完全可以称得上是一件稀有
的小型艺术品了。双胞胎姐妹非常嫉妒，
但妈妈对她们说："这是一个非常精致的
洋娃娃，你们会把她给弄坏的。等你们和
丽维雅一样大的时候，就给你们一人买一
个。"双胞胎姐妹疑惑地互相看了一眼，
她们知道丽维雅粗枝大叶，根本不在乎自

己的玩具，不管它们有多漂亮，或是有多珍贵。所以她们担心这个洋娃娃的下场跟别的玩具一样——被丽维雅弄坏，或者丢掉。

可是双胞胎姐妹还小，所以也不能说什么。不过有一点她们想对了：丽维雅确实对菲娜满不在乎。丽维雅不喜欢玩洋娃娃，她更喜欢小动物。她有一个专门养小动物的地方，狗、猫、鹅以及鱼缸里的鱼都被关在那里。不过它们通常都由奴隶们来照看，因为丽维雅玩一会儿就腻了，然后就把动物们忘得干干净净。库莎有时也负责照看这些小动物，她很喜欢干这件事情，小动物们也很喜欢她，这让丽维雅更

加嫉妒了。

于是，有一天，丽维雅做了一件可怕的事情……

丽维雅把菲娜扔进了第二个院子中间的睡莲池里。扔之前，丽维雅先把洋娃娃的衣服给脱了，接着她偷偷溜进厨房，把衣服塞到了库莎装珠子的布包里。干完这件坏事后，丽维雅满意地搓了搓手，她计划的第一步进行得很顺利，现在该走下一步了。

接下来的几天，丽维雅总是让库莎忙个不停，一会儿叫她干这个，一会儿干那个。丽维雅故意把房间弄乱，不让库莎有时间去穿珠子，这样库莎就不会发现布包

里藏着的洋娃娃衣服了。

一天早晨，当库莎正在厨房里给厨娘帮忙的时候，一声尖叫回荡在整个房子里："我找不到菲娜了！有人偷走了我的菲娜！抓小偷啊！"

爸爸没有在家，只有妈妈茱莉亚在家，她无奈地看了看天，然后慢慢地朝丽维雅的房间走去，她已经能想象到接下来的场景了：她那任性、令人无法忍受的女儿躺在地上，用拳头捶着地板，号啕大哭，这样的叫喊会让她马上感到头疼。

果然是这样，丽维雅正躺在地上，捶地大哭。妈妈不清楚女儿到底在喊些什么，她想，多半是女儿在胡说八道。不过

当茱莉亚得知菲娜不见了的时候，她开始担心起来，因为那个洋娃娃真的很珍贵，花了好大一笔钱才买到。再说了，这是丈夫送给女儿的礼物，如果他知道洋娃娃被

弄丢了，肯定会很生气。虽然丽维雅坚持认为菲娜是被人偷了，但妈妈还是难以想象家里有贼。如果真的有贼，那家里什么都不安全了，包括她首饰盒里的珠宝。

怎么办呢？茱莉亚改变了之前漠不关心的态度，她决定亲自查明这件事。

首先，她安慰了一下哭哭啼啼的女儿，想从女儿身上收集信息，不过她几乎没得到什么有用的信息。丽维雅说，好几天前她还玩过洋娃娃，然后就小心地把她放在了一个柜子里。可是今天早上，当她去找的时候，就找不到了。丽维雅说她非常喜欢这个洋娃娃，这是她最喜欢的玩具，因为是爸爸送的。为了让丽维雅安静

下来，妈妈答应马上开始调查，然后就离开了丽维雅的房间。妈妈吩咐奴隶们四处去找，她非常肯定：丽维雅一定是把洋娃娃丢在哪个角落里了，因为丽维雅总是这样丢三落四的。

可是找了半天，奴隶们什么都没有找到。最后妈妈来到了厨房，她想起丽维雅喜欢看库莎穿珠子，也许她把菲娜落在厨房的某个角落里了吧。这时，库莎正在穿珠子，她趁丽维雅没空管自己的时候，赶紧来做一会儿。库莎根本没有意识到自己正在掉入一个圈套！接着丽维雅也来了，她说想看看库莎在忙什么。她走近库莎的工作台，故意笨拙地弄掉了一个装满珠子

的布包。不，是弄掉了那个藏着菲娜衣服的布包！

布包一掉到地板上，就像花儿开放一样散开了，珠子滚了一地，布包里露出了菲娜的衣服！

56

库莎睁大了眼睛，就好像看见了一条蛇，或是一只蝎子从她的布包里爬出来！

厨娘尖叫了起来！丽维雅叫得更厉害！茱莉亚闭上了眼睛，她宁愿没有看见刚才那一幕。

接下来发生的事情，对库莎来说实在是太残忍了。"我说吧，妈妈您看见了吗？是库莎偷走了我的菲娜！谁知道她把菲娜扔到哪儿去了！有可能卖给了她的狐朋狗友，有可能她把菲娜给埋了！她是个小偷！"丽维雅故作委屈地说。

"不会的，别这样说，不可能的，库莎是个好女孩儿！"茱莉亚有些无力地替库莎辩护。

"妈妈，您难道不相信女儿，而更相信一个奴隶吗？我要去告诉爸爸！"丽维雅大声反驳道。

"库莎不是个小偷！我敢保证她不是！"厨娘插话说，但没人听她的。

至于库莎，她根本不知道该说些什么。"偷东西"这个罪名太大了，她知道自己不但会被赶出这个家，而且很可能还会被主人再次卖掉！最重要的是，丽维雅正在诬陷自己，她在冤枉自己！

库莎沉默了，但她没有哭，而丽维雅更加得寸进尺了："您看到了吧！妈妈，她像个木头一样哑巴了！她不敢哭，因为她偷了东西，不敢再说话了！"

库莎没有说话，她没有为自己辩解，只是直挺挺地站在那里。在古罗马时期，奴隶在主人家里偷东西是一件非常严重的事，所以厨娘把库莎推到前面，催促她："说话呀，小姑娘，解释啊！"

　　"我没有偷丽维雅的洋娃娃。"库莎终于开口了，她重新找回了一点点儿勇气，"我不知道那件衣服怎么会在我这里，我只能说这些了。"然后她又固执地沉默了。

第六章

真相大白

女主人茉莉亚很想在丈夫回家前把事情解决掉，因为丈夫太忙了，不能让他在这些小女孩儿的事情上浪费时间。但她知道丽维雅一定会去告状，所以那天晚上，茉莉亚等着丈夫从晚宴上回来，然后把事情告诉了他。

弗拉维亚先生先是一言不发，然后长

长地叹了一口气，说："咱们是一个公正的家庭，我不想在事情没弄清楚前就惩罚库莎。等我有空的时候，我会去找丽维雅，把事情问清楚，她绝不敢在我面前撒谎。"

听说主人要亲自调查这宗洋娃娃失窃案，库莎非常担心。库莎在厨娘面前没有掩饰这种担心，她问厨娘："我该怎么办呢？我只是一个小奴隶，该怎么向主人证明自己的清白呢？在主人面前我连话都不敢说。如果他觉得我的头脑一片混乱，肯定不会相信我的。"

"别担心，小姑娘，"厨娘说，"我相信你。谁知道那个洋娃娃到底在哪儿呢？

有可能是丽维雅自己弄丢了，又担心爸爸会怪她，就把事情都怪到你身上。但是，相信我，真相一定会浮出水面的。"厨娘用力地搅了搅锅里的食物，热气腾腾的锅里正煮着面疙瘩。

　　这种面疙瘩是用小麦粉、水和盐混合

做成的，味道和我们现在吃的土豆很像。水开了以后，面疙瘩很快就浮了起来，厨娘将它们捞到一个盘子里，再撒上点儿羊奶酪。接着，她把盘子端给库莎，因为厨娘觉得，如果肚子里装满了美味的食物，就不会那么心烦了。

库莎并不饿，但她还是慢慢地把面疙瘩吃光了。吃完后，她感觉好多了。

库莎知道厨娘对自己很好，家里其他奴隶对自己也很不错，这让她觉得很有安全感。她也知道，弗拉维亚先生和太太都是正直的人，他们不会冤枉自己的。

审判的那天终于到了，库莎被叫到了院子里，站在弗拉维亚先生和太太面

前。家里所有的人都聚齐了，要是换作别的小女孩儿，肯定会吓坏了，一句话都说不出来。可是库莎展示了自己的勇气：她虽然是一个小奴隶，只能待在黑暗的角落里，可是她决不能容忍自己被冤枉。库莎决定奋起反击，因为没有人能替她做这件事。于是她挺起脊梁骨，昂着头，直视着弗拉维亚先生和太太，说了一段话，这是她到这个家以后说的最长的一段话："请大家原谅我的鲁莽，可是我不允许谣言玷污我的清白。我是库莎，是非洲人民的子孙，我绝不会拿不属于自己的东西，在非洲不会，在这里更不会。我非常感谢主人，因为您能听我说话，感谢您的宽宏大

量，我绝不会欺骗您，也不会做出虚伪的事情。"库莎的眼睛清澈见底，她的声音坚定不移。

弗拉维亚先生非常惊讶：这个来自远方的小女孩儿表达能力极强，言语讲究，用词准确，远远好过他的女儿们。而且，库莎为了捍卫自己的清白，勇敢地奋起反抗，主人很欣赏她的这种精神。

弗拉维亚先生知道女儿丽维雅喜欢吵架，又爱惹事，所以他隐约感觉到这件事情有点儿蹊跷。

库莎沉默着，院子里的气氛很紧张。正当弗拉维亚先生不知道该怎么办的时候，一阵跑步的声音打破了沉默——是双

胞胎姐妹洛丽亚和朵米亚。她们冲进院子里，跑到父亲面前说："菲娜在这里！"

双胞胎姐妹湿答答地站在那儿，手里拿着从水里捞出来的洋娃娃，说："这是我们在睡莲池里找到的，她在一片叶子上漂着。"

为了把洋娃娃从水里捞出来，洛丽亚

和朵米亚全身都湿透了。洋娃娃在她们手里，静静地看着弗拉维亚先生。

丽维雅被这一幕吓得脸色苍白，她根本没有料到两个妹妹会这样揭穿自己。

洛丽亚说道："我们知道洋娃娃在哪儿，因为我们看见丽维雅把她丢进了水里。"

朵米亚接着说："就是这样，就是这样。"

洛丽亚继续说道："我们之前什么都没有说，是因为我们想先救这个小洋娃娃。但我们找不到她了，我们猜她可能是被鱼吃了。原来她只是被睡莲给缠住了，现在她浮出来了！"

"就像面疙瘩浮出水面一样！"厨娘高声说。她双手叉腰，死死地盯着丽维雅，好像想用目光把丽维雅吃掉一样。

双胞胎姐妹洛丽亚和朵米亚非常讨厌丽维雅，因为丽维雅总是不断地折磨她们，所以这次双胞胎姐妹做了"叛徒"。不，她们不是叛徒，她们只是说出了真相。做叛徒和说真话是完全不一样的。

弗拉维亚先生盯着女儿问："丽维雅，你还有什么想说的吗？"

丽维雅不得不说出了事实。当然，她受到了严厉的惩罚，至少对她来说算严厉了——她要被关在家里三个月，不许出门，不能见任何人，除了教师，因为教师得往她那榆木脑袋里加点儿料。小洋娃娃菲娜换上了新衣服，被送给了双胞胎姐妹，但条件是她们不能互相争夺。不过双胞胎姐妹都是好孩子，她们轮流玩，你玩一天，我玩一天。她们安慰着在水下受了苦的洋娃娃，对她宠爱极了。

至于库莎呢，没人向她道歉，因为没人会向奴隶道歉。但她终于可以回到厨房继续穿她的珠子了，弗拉维亚先生还亲自给她买了好多箱珠子，这就是他道歉的方式。总之，他希望库莎能忘记这件不开心的事情。

尾 声

更大的惊喜

总之，正义得到了伸张，不过在故事的最后，还有一个更大的惊喜等着库莎。

弗拉维亚先生的哥哥买了一个努比亚农民和他的妻子做奴隶，为了不让他们一家人分开，同时还买了他们才几岁大的儿子。回到罗马后，他去了一趟弟弟家，一

群人围着他的马车，好奇地看着他新买的奴隶。

朵米亚刚好在这群人当中，她注意到：中间那个小男孩儿和库莎长得惊人的相似，于是她飞奔过去叫来库莎。你猜结果如何？库莎终于见到了自己的家人！在场的所有人都被感动了，而弗拉维亚先生的哥哥决定立即释放这三个刚买的奴隶。弗拉维亚先生不仅释放了库莎，还给了他们一袋钱和一小块地。就这样，库莎一家过上了贫穷但自由的生活。

如果故事能这样结束就好了，大家都开开心心的。但这可不是一个童话，而是真实的故事，不是所有的故事都会有这样完美的结局。这个故事真实的结局只是：最后大家都知道库莎是被冤枉的了。

因为库莎是一个机灵能干的小姑娘，我们可以想象得到，她的生活一定会充满惊喜，十分有趣。现在，咱们跟她说再见吧，她要去参加玛丽塔和昆塔的婚礼了，她为玛丽塔准备了一卷布料。她知道，这

个礼物一定会让玛丽塔开心的，这样她也
会很开心。咱们就让库莎好好享受这个婚
礼吧——这是一个好结局。

我们祝愿她好运吧。等她长大了，
她的主人弗拉维亚先生很有可能会给她
自由。那些能干且富有冒险精神的奴隶
通常都会有这样的好运，而我们的库莎
正拥有这些品质。但这个时刻还需要等
好几年，在好几年的时光中可是会发生
很多事情的。说不定我们还会在另一个
故事中看到库莎呢。但这个故事就到此
为止了。

聪明的小读者们，你们现在舒舒服服
地坐在沙发上看书，你们那么喜欢在书本

中和头脑中体验其他人的冒险生活，这个
故事的其他部分，你们也一定能想象得出
来吧。

勇敢的非凡女孩：佳塔

自信的非凡女孩：梅达

机智的非凡女孩：乌玛

独立的非凡女孩：伊莎贝

坚强的非凡女孩：库莎

宽容的非凡女孩：安吉拉

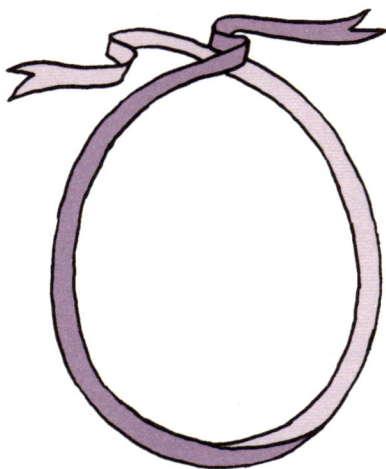

_____的非凡女孩：_____

在丝带里画上你的自画像吧，你和她们一样！

非凡女孩

宽容的安吉拉
秘密草药园

［意］贝亚特丽斯·马西尼　著
［意］德西德里亚·桂西阿迪尼　绘
彭倩　译

上海社会科学院出版社
SHANGHAI ACADEMY OF SOCIAL SCIENCES PRESS

图书在版编目（CIP）数据

宽容的安吉拉：秘密草药园 / (意) 贝亚特丽斯·
马西尼著；(意) 德西德里亚·桂西阿迪尼绘；彭倩译
. -- 上海：上海社会科学院出版社, 2024
（非凡女孩；6）
ISBN 978-7-5520-4401-0

Ⅰ.①宽… Ⅱ.①贝… ②德… ③彭… Ⅲ.①儿童小
说—短篇小说—意大利—现代 Ⅳ.①I546.84

中国国家版本馆CIP数据核字(2024)第103309号

© 2012, Edizioni EL S.r.l., Trieste Italy on *Ancilla delle erbe*

上海市版权局著作权合同登记号：图字09-2024-0382 号

宽容的安吉拉：秘密草药园

著　者：［意］贝亚特丽斯·马西尼
绘　者：［意］德西德里亚·桂西阿迪尼
译　者：彭　倩
责任编辑：赵秋蕙
特约编辑：李虹霞
装帧设计：乔雅琼　任伟嘉　盛广佳
出版发行：上海社会科学院出版社
　　　　　上海市顺昌路622号　　　邮编 200025
　　　　　电话总机 021-63315947　　销售热线 021-53063735
　　　　　https://cbs.sass.org.cn　　E-mail: sassp@sassp.cn
印　　刷：北京汇瑞嘉合文化发展有限公司
开　　本：889毫米×1194毫米　1/32
印　　张：2.75
字　　数：19千
版　　次：2024年7月第1版　2025年5月第6次印刷

ISBN 978-7-5520-4401-0/I·530　　　　　　　　　定价：118.00元（全6册）

安吉拉的档案

爸爸：胡伯特

妈妈：海尔格

特殊标志：从来没有好好梳过头发

最喜欢的玩具：不记得了

最喜欢的动物：仓鼠

最喜欢的食物：苹果

幸运色：褐色

幸运物：欧洲七叶树的种子

理想职业：医生

我喜欢小草。当微风轻轻吹拂时，小草就开始唱歌。小草很清香，也很简单。它们很谦虚，却能将整片大地包裹起来。如果你轻轻咬一口小草，就会尝到绿色的味道……我的故事和小草有关：因为小草，我陷入困境；也因为小草，我发现了珍贵的宝藏，走出了困境，帮助了周围很多的人……

安吉拉

目　录

引 子

像麻布衣服一样的名字

"**安**吉拉"这个名字源于拉丁语，意思是"仆人、服务员"。以前，人们总喜欢给女孩儿起一些这样的名字，一是因为传统，二是为了告诉人们这孩子在这个世界上的职责。

当然啦，有一些女孩儿的名字其实挺好的，比如：菲莉（忠诚）、斯佩兰萨（希

望）、卡利塔（仁慈）、卡斯提塔（纯洁）等。而像茱莉亚、薇诺妮卡、爱丽丝这样的名字就更加好听了。名字对女孩儿来说，就像是衣服。优雅的名字就像是一件晚礼服，华丽而高贵，而"安吉拉"这个名字则像是一件麻布衣服。

　　不过，服务他人也是一件很美好的事情。这个故事讲的就是这一点。

第一章

安吉拉和奶奶遭迫害

安吉拉和奶奶住在树林尽头的一座小房子里。在安吉拉还很小的时候，她的爸爸妈妈去城里找工作，之后就再也没有回来过。

要知道，那时候的生活很艰难，人们都很穷，疾病盛行，可治疗的方法却少得可怜。而且，那时还有很多猖狂的强盗。

安吉拉的爸爸妈妈也许是被一次疾病夺去了生命，也许是被路上的一帮强盗谋财害命了。或者他们没能在城里找到工作，所以又去了另一个城市，接着又去了下一个城市，到最后因为回家的路太漫长，所以回不来了。

不过，安吉拉并不关心这些事情。

她早就不记得自己的父母了。她很爱

奶奶，奶奶也很爱她。安吉拉不用去上学，那个时候没有为普通人家的孩子创办的学校，所以她总是和年迈的奶奶待在一起。奶奶教给安吉拉一项很特殊的本领——认识和利用草药。奶奶对草药很在行，她知道哪些草药能够治疗什么样的疾病。奶奶采集草药，将它们晒干、蒸煮、捣碎、腌渍，然后制成能治病的药膏或口服液。虽然奶奶的草药不是灵丹妙药，但是对那些干农活儿和其他苦力活儿的穷人来说，至少可以减轻他们生病时的痛苦。

安吉拉总是跟着奶奶，所以她学会了辨别草药和它们的特性。她是一个聪明的学生，眼神很好，总是能在草丛中一眼认

出具有奇效的草药。这可是给奶奶帮了大
忙，因为奶奶已经老了，视力也越来越差
了，而且那时候还没有老花镜呢。奶奶用
卖药膏和口服液的钱买来新鲜的鸡蛋，有
时候还能买来一只小母鸡、一根小香肠、
一小袋面粉或者半壶油，反正都是一些能
填饱她和小孙女肚子的东西。

　　然而有一天，城里的士兵突然来到了

村子里，他们说城主下了命令，要逮捕女巫，并且一个也不能放过。如果村民中有谁认识女巫，或者怀疑谁是女巫，都应该主动举报。举报女巫的人可以得到一块金币，而女巫则会被关进牢房里等待审判。

其实那时根本没有女巫，倒是有不少坏蛋和贪婪的人。在那个非常贫穷的年代，贪婪的人会因为金钱的诱惑，不知不觉地变成坏人。没有人能面对金币不动心，所以会用神奇的草药治病的奶奶，就被人当成女巫给举报了。

这些人认为：一个人能找到治病的草药，自然也能找到毒害生命的草药；一个人能救死扶伤，有一天也可能变成杀人犯。总之，一个不住在村里，而是住在树林里的老奶奶总是让人起疑心。再说，和这个老奶奶在一起的小女孩儿还不清楚是谁的孩子呢。反正，有人将安吉拉的奶奶当作女巫举报给了城主。

那天，从城里来了两个又高又壮的士兵，他们二话不说就把奶奶从小房子里拖了出来，给她戴上手铐，然后带走了。村子道路两旁站满了围观的人，很多人都在摇头。因为大家都知道，安吉拉的奶奶是个好人，她平时对村子里的人非常好。

"这到底是怎么回事？"围观的人们窃窃私语。有人说，安吉拉的奶奶是个救死扶伤的好人，不该被当作女巫带走。还有一些人嘟囔着说，他们早就知道这个老奶奶是个女巫，并且和魔鬼是一伙的。

没有人注意到安吉拉，这个小女孩儿躲在灌木丛中，一动也不动地看着那两个残暴的士兵将她亲爱的奶奶像罪犯一样

铐起来带走。奶奶转过头，深深地看了安吉拉一眼，用眼神告诉她："别让他们发现你。你要照顾好自己，勇敢点儿，我爱你。"然后奶奶扭过脸去，再也没有回头看安吉拉——奶奶怕那些士兵起疑心，她担心自己的孙女也会落得跟自己一样的下场。

安吉拉躲在那里看着奶奶，只见奶奶的身影越来越小，最后消失在通往城里的那条路上。

然后，安吉拉回到了家里。对安吉拉来说，没有了奶奶，这里已经不再是家了，只是一个睡觉的地方。

除了村子附近修道院里的几个修士，村子里没有人挂念这个幸存下来的小女孩儿。这些修士是好人，每天祷告、劳动、抄写书籍，总是照顾身边的人。他们很穷，不能送给别人什么东西，但他们有自己的土地。他们精心耕种着，可以养活自己，而且只要有剩余的东西，他们就会送给那些更穷的人。

他们一直生活在自己的修道院里，平时不太参与村子里的事情。但是老奶奶被逮捕的消息穿过修道院厚厚的墙壁，传到了修士们的耳朵里。奶奶的老朋友，同样对草药很感兴趣的修士布莱特突然想到一件事：只听说士兵们将安吉拉的奶奶带走了，但没人提到安吉拉怎么样了。

于是他在没有通知其他修士的情况下，一个人悄悄地去了树林尽头的小房子，也就是安吉拉的家。在那里，他看到了安吉拉，她正在捣草药，就像什么事情都没有发生过一样。

"小姑娘，"他慢慢地说，生怕吓着

她，"你在做什么？"

"您已经看到了，我在干活儿。"安吉拉平静地说。

"有人照顾你吗？有没有村子里的好心人……"

"没关系，我能照顾自己。"没等布莱特问完，安吉拉就说，"我等着奶奶回来。"

布莱特摇了摇头，显然安吉拉还在幻想着一切都能回到从前。她这是在自我安慰，谁也不知道奶奶还能不能回来。奶奶年纪太大了，城里的监狱可是个又恐怖又肮脏的地方。再说，奶奶还可能被判刑——在那个时代，女巫通常会被活活烧

死。这就意味着：安吉拉有可能再也见不到奶奶了。

"如果她是一个小男孩儿就好了。"布莱特心想，"如果安吉拉是一个小男孩儿的话，我就能把她留在修道院里了。她能在我们身边长大，能在田里干活儿，还可以教会我很多关于草药的知识。"可是，安吉拉并不是一个小男孩儿。想到这个现实，布莱特摇了摇头。

于是，他从随身带的篮子里拿出一块面包，放在桌子上。"放心吧，小姑娘。"他说，"我不会丢下你不管的。"

布莱特回到修道院里左思右想，他必须想出个办法来帮帮安吉拉。

第二章

在修士的帮助下变身

几天后，修士布莱特又去树林里找安吉拉。他在篮子里放了一块面包、一瓶羊奶，还用叶子包了一小块奶酪。他知道，孩子必须规律进食才能健康成长。当推开安吉拉的家门时，他完全惊呆了：一个穿着女孩儿衣服，却留着短发的小男孩儿正站在炉子前，费劲地搅着大锅里的

东西。

"请问，安吉拉在哪里？"布莱特担心地问。

听到他的声音，小男孩儿回过头来，布莱特觉得他很眼熟。

"我就是安吉拉呀。""小男孩儿"平静地说，"我觉得把头发剪短了更好，这样头发就不会掉到药水里去了。"她边说边用食指和中指做出剪头发的动作。哦，安吉拉自己剪的头发，她留着这么短的头发，看起来就像是个小男孩儿。

"太好了！"布莱特高兴地说。

安吉拉吃惊地看着他：一个修士怎么会对一个小女孩儿的发型感兴趣呢？布莱

特明白她的惊讶，就把自己的计划跟安吉拉解释了一遍。安吉拉紧闭双唇，想了一会儿，最后答应了。安吉拉现在是孤身一人，她也很清楚：如果一直这样下去，自己是没法生存的。她知道修士们都是好人，他们也是奶奶的朋友。

所以，那天晚上布莱特就带着一个"小男孩儿"回到了修道院。那是一个干干净净的"小男孩儿"，一头光滑发亮的栗色短发，腰上系着一根带子，破旧的裤子下面露出两条干瘦的腿，看起来还真像是一个小修士。

布莱特对其他人解释说："我看见他一个人在城里的路上晃悠。他没有家，没

有亲人，也没有朋友。兄弟们，我们的目的就是帮助那些需要帮助的人，还有谁会比一个孤零零的小孩儿更需要帮助呢？"

听到布莱特这样说，修士们都点了点头。

"我觉得他可以跟我们待在一起，而且，我们也需要一个孩子，孩子能给院里带来欢快的声音。"布莱特继续说。

听到这里，修士们的眉头都皱了起来。他们非常喜欢修道院里的安静，不想被吵闹的声音打扰，即使这声音听起来是欢快的也一样。看到他们的反应，布莱特赶紧说："当然啦，他应该学会在什么时候保持安静。这件事就交给我，你们不用

担心。这样的话，这个孩子留在这里就没
有问题了，是吧？"

　　长久的沉默后，终于有人点了头，先
是一个人，再是两个，最后他们全部都点
头了。

　　"你得负责让他懂得规矩。"修道院院
长说。

"要告诉他不能偷仓库里的东西。"负责做饭的修士说。

"不能在书房里玩耍。"负责抄写书籍的修士强调。

"我发誓,我会让你们感觉不到这孩子的存在。"布莱特保证说。

伪装成小男孩儿的安吉拉睁大了眼睛看着他们,然后点了点头。真是些奇怪的人,不过他们看起来并不坏,她一定能学会跟他们好好相处的。

于是,安吉拉开始为修士们服务。她在厨房里帮着削土豆、削萝卜。她小心翼翼地打扫书房里的书架,生怕弄坏了那些珍贵的书籍。她很少玩耍,玩的时候也尽

量不发出声音。她玩的都是些小玩具，是
用小木头、绳子和小石头做的。如果有人
走近，她就赶紧把它们藏到口袋里。

　　布莱特耐心地给她讲解所有的事情，
他带着她熟悉像迷宫一样的修道院，允许
她不参加清晨和深夜的祷告。有个修士发
现安吉拉的嗓音非常好，于是布莱特便教

她唱拉丁语的颂歌，因为大家都认为颂歌用拉丁语来唱会更好听。

布莱特唯一没有做的事情就是替安吉拉起一个新名字。如果用一个假名，比如"菲利普"或"贝尔托"这样的名字来叫她，就会让安吉拉更像个小男孩儿。不过其他修士对此都不在乎，一直在用"小伙子"来称呼安吉拉，所以安吉拉没有假名字倒也无所谓。

像所有孩子一样，安吉拉很快就适应了新生活。每天晚上睡觉之前，她都要想想身在远方的奶奶。她幻想着有一天会和奶奶团聚，幻想着城主和士兵们都消失了，她和奶奶又能继续采摘草药、救治那些可怜的人了。

　　不过，白天她尽量让自己不要去想这些事情，因为想念奶奶会让她很难受。可是想着奶奶亲切的微笑入睡，对她来说，却是一件很幸福的事情。

第三章

一个废弃的小花园

布莱特每天都很忙，有时候没空管安吉拉。在这种时候，安吉拉就会独自在修道院里转一下。修道院很大，道路像迷宫一样复杂，有走廊、拱廊、地上通道、地下隧道……不过安吉拉很聪明，她知道只要不打扰别人，不问问题，不弄出声音，自己就能随意玩耍了。

于是她平静、勇敢地在修道院里走着。她并没有刻意在找什么，但是当她看到那样东西的时候，马上就知道那正是自己需要的。

在一个庭院的中心，她看到了一块无人打理的方形土地。在别人看来，这块地里都是杂草，但安吉拉一看就明白这里还有别的东西。

她拨开一些长得高高的草，菊花的香气立即扑面而来。在草丛后面，开着很多黄色的小野菊花。

不光是小野菊花，还有鼠尾草、百里香、马郁兰、香草、罗勒，以及很多别的草药。平时奶奶也会在田野里采这些草

药，只不过和野生的相比，这里的草药种类更多。

安吉拉摸着一片锯齿草的叶子，无比强烈地思念起奶奶来——熟悉的草药香气，过去的回忆，现在的苦涩，未来的不可预料……都交织在一起。未来会发生什么，安吉拉并不知道，但是现在她可以马上开始采集草药。

于是，安吉拉卷起袖子，一点点地拔掉那些快要将草药挤得窒息了的杂草……

吃晚饭的时候，安吉拉告诉布莱特，她在那个废弃的小园子里发现了很多草药，并请求他准许自己到那个小园子里干活儿。听了安吉拉的请求，布莱特眼前一

亮，他激动地告诉安吉拉："那曾经是个草药园，以前由修士博尔特负责照料。但是三年前他死了，之后就再也没有人管那个园子了，修士们都太忙了。我很高兴你能发现那个地方，而且我相信，再也找不到比你更合适的人来照料那个草药园了。"

"草药园？这是什么意思？"安吉拉，哦，不对，"小伙子"问。

"草药园里种着可以制成药的植物，就是那些可以治病的植物。"布莱特向她解释道，"那里曾经种着对我们有好处、对大家都有用的植物。不过我知道，照顾它们肯定不是一件容易的事情。"他边说边看着自己那双又大又笨的手。

"我一般都是在野外找草药——在田野里，或是在树林里。"安吉拉说，"没人照顾，它们也会长得很好。这里有人照顾，有水喝，有空间可以呼吸，我想它们肯定会长得更好。这都是些简单的植物，它们的要求很少。只要一点点阳光和一点点水，它们就会倾其所有，将它们宝贵的身体奉献给我们，用来治愈疾病。"

"我只要求你一件事，安吉拉。"布莱特说，"这件事不要告诉任何人。如果有人问起来，你只说是在园子里工作，但我希望这件事是我们俩之间的秘密。别担心，修士们有一千种工作，没人会有时间去打听你的事情。"

　　布莱特让安吉拉保守秘密，自然有他的道理，毕竟安吉拉的奶奶还关在牢房里，而罪名就是她会使用草药。万一哪个修士不小心将安吉拉照顾草药的事情说出去，让村子里不怀好意的人听到了，说不定整个修道院都会被当作巫术的扩散地！

　　不过，安吉拉并不讨厌这个小小的秘密协议，因为她终于能做一件完全属于自己的事情了。这件事情能重新把她和远方的奶奶联系起来，她很高兴能以这样的方式想念奶奶。

　　就这样，草药园在安吉拉的照料下又恢复了生机。她重新清理了园子，除去了杂草，清理了碎石，并且好好地浇了水。

在她的照料下，植物又开始茂盛地生长起来。

有时候，安吉拉会偷偷溜出修道院去找园子里没有的草药。她尽量将草药连根带土拔出来，然后小心翼翼地把它们包在用水浸湿了的麻袋里，飞快地跑回修道院，一刻也不耽误地将它们安置在新家

里。有些移植的草药不适应新环境，死掉

了，但大部分都能生存下来。

就这样，草药园里的草药越来越

多了。

有些草药开出了小花，不时地引来蝴

蝶和蜜蜂传播花粉、采集花蜜。在这个园

子里，每个生命都在劳动，安吉拉也不例

外，她认真地翻地、浇水、施肥。

安吉拉非常喜欢做这些，因为这曾是她和奶奶一起做的事情。现在，奶奶不在身边，做这些事情能让她感觉到奶奶的存在。她能回忆起奶奶曾经的教诲，另外，她还能给那些收留自己的修士做点儿贡献。

有时布莱特会偷偷地来到草药园里，默默地看着安吉拉干活儿。现在已经是初夏了，园子里开满了花，布莱特感觉这里香气袭人，生机勃勃。

"你说过这些草能治病。"布莱特盯着安吉拉的劳动成果说，"不仅如此，我觉得它们的美和香气也是一剂心灵的良药。"

第四章

安吉拉用草药治病

秋天来了，安吉拉收获了她的成果。她先是将草药割下来，晾在通风的阴凉地，就像在晒满是香味的衣服，然后她将草药捣碎、搅烂、挤压、蒸煮。慢慢地，布莱特送给她的那些小瓶子、小盒子里都装满了药水和药膏。

安吉拉拜托布莱特帮她保管这些药。

布莱特曾经购买过一个有门和抽屉的柜子，已经废弃很久了。现在，可以用来做药柜。布莱特把药锁在药柜里，然后将柜子的钥匙挂在自己的脖子上，这样就没人知道柜子里装着什么了。他做这件事的时候很谨慎，因为他要保护安吉拉。

秋天来了，天气越来越寒冷。修道院里没有暖气，修士们还总是光着脚穿凉鞋，身上穿的宽大褂子又无法挡风，所以他们经常生病。如果只是感冒发烧这样的小病，他们自己挺一挺也就好了。但有时候，他们会闹肚子，或者是关节疼。这些病来势汹汹，会让病人感到不舒服，漫长且烦人。

　　不过，现在布莱特倒不担心这些，因为有了安吉拉的草药，他什么都能应付。于是，当有人患病时，他就变成了一个传声筒。他询问病人的症状，然后跑去告诉安吉拉，安吉拉会告诉他应该用哪种药，用多少剂量，布莱特照做就行了。

　　然而，越来越冷的天气让越来越多的人病倒了，布莱特再也没有时间跑来跑去传话了。于是，他叫安吉拉和自己一起治病，这样就不会有人起疑心了——医生总得有个助手，对吧？

　　再说了，反正也没有人会注意他们，因为大家都在生病。

　　安吉拉的草药很有效，康复的修士

们对布莱特表达了感谢。

"我们从来都不知道你原来是个草药专家，"看门的修士说，"因为你不经常出门，而且我也从没见过你从田里带草药回来。"

"我也没有见过你在医务室里工作

啊。"医务室的修士说，"你是不是晚上偷偷在房间里鼓捣呢？"

康复的修士们七嘴八舌地问着，他们很好奇这些治愈自己的药到底是从哪里来的。

布莱特不太喜欢说谎，他胡乱敷衍着修士们。有时候，他觉得自己都无法承受谎言带来的沉重负担了。

"也许，在大家都能保密的情况下，我可以告诉修士们真正的医生其实是'小伙子'。对，这么做是对的。"布莱特默默地做了这个决定。

终于，一天晚上，布莱特在饭桌上宣布，"小伙子"才是真正治好他们的医生。

这下，所有人的目光都集中到了"小伙子"安吉拉身上。大家的目光让她的脸颊变得通红——她还不习惯被那么多人关注。于是，那些康复的修士一个接一个地站起来，走过去拥抱她。有的修士摸摸她

的头发，有的则粗鲁地贴贴她的脸颊，还有的拍拍她的肩膀。虽然他们把安吉拉拍疼了，但是她觉得很高兴。她终于有了归属感，自从士兵们把奶奶带走后，她还没有过这种感觉。

"我说，"当修士们回到座位上后，布莱特说，"我们不能让任何人知道修道院里有一个小医生。你们知道这里的人都很迷信，也很无知，不能让那些无知的人毁掉这个'小伙子'的天赋。"

大家听到这句话后都笑了，他们满怀关切地看着这个寄居的小孩子，感觉到"他"已经是他们中间的一员了。

"不过我们还是得让这孩子的本领服

务更多的人。"修道院院长说，"咱们可不能不管外面那些生病的人。"

"我同意。"布莱特说，"但'小伙子'不能跟任何人接触，就由我来做中间人吧。"

于是安吉拉开始了一项极其庞大的工作。在大家的同意下，她开始掌管药柜的钥匙，她用一根红色的小绳将它挂在脖子上。不仅如此，她现在也能自由使用医务室的大工作台了。

整洁的台面上，摆放着研钵、研杵、小刀、玻璃瓶、盒子和其他容器。

她操作工具，用油、醋和酒调配出了一剂又一剂的草药。

天气越来越糟糕，小庭院里的植物们也开始了冬眠。它们得在皑皑白雪的覆盖下度过寒冷的冬天，等待春天来临时，再重新恢复生机。所以这段时间，安吉拉也不再去草药园了。现在她主要守在火炉旁（修士们在医务室里专门为她生了火），抓紧时间为外面正在遭受病痛的村民们配制草药。

布莱特每周去村子两次，他挨家挨户地敲门，为他们祷告，说些安慰的话，然后询问他们的病情。回到修道院后，他就整理出病人名单：老橡树下的农民脸上起了奇怪的小疙瘩，小饭店家的女儿们手上和脚上都生满了冻疮，老汉斯剧烈咳嗽，

丽莎的关节特别疼……

安吉拉有着惊人的记忆力，她能记住所有的事情。她迅速地为那些村民配好药——尽管当年奶奶被士兵带走时，他们都没有帮过她。

但安吉拉和他们不一样，她的名字代表了她的使命。奶奶总是教育她要替别人

着想，而现在又有了修士们给她做榜样，就这样，安吉拉不计前嫌地帮助着那些村民。

慢慢地，村子里咳嗽的人少了，长满冻疮的皮肤也慢慢恢复了，冻伤的关节也不再疼痛了……晚上，安吉拉去厨房吃饭，她津津有味地喝着汤，吃着面包，还能喝点儿可口的饮料。做完祷告后，她便全身放松地躺在草垫子上——她很累，但是很高兴，因为这时候她可以变回小女孩儿，可以继续做安吉拉。有时候，她会在半梦半醒中看见奶奶，虽然奶奶的脸越来越模糊，但还是在她眼前浮动着，伴她沉沉入睡。

第五章

奇怪的肚子痛

这些天，一种腹痛疾病在城里传播开来。那种痛就好像两只大手伸进肚子里，把五脏六腑都拧成一团，揉搓着，挤压着，而且病人身上会长出小红点儿，就好像是被针头扎过一样。然后病人就开始发高烧，好像被放在烤架上一样，烧得人发出烤牛排一样的咝咝声。

值得庆幸的是，小孩子不会得这种病。但是大人却躲不过，肥胖的人成为主要发病人群，而瘦子则比较幸运。那个时候，穷人们都很瘦，因为他们吃得很少，或者根本吃不饱。富人们都比较胖，因为他们把穷人的那一份食物也给吃掉了。这场奇怪的疾病主要在富人中传播开来，富人们觉得很痛苦，可他们还没有找到治疗这种肚子痛的方法。

那些没有生病的富人把自己关在家里，不见任何人，希望自己不要被外面的病毒传染。但是这种病毒无处不在，有时它们飘浮在空中，有时它们潜伏在水里。富人们可以不出门，却不能不呼吸、不吃

饭、不喝水，因此这种把自己关在家里的做法一点儿作用也没有。

不久以后，城里所有有钱的大胖子，还有他们那些长得圆滚滚的妻子都疼得直抽搐，由仆人们小心地照料着。但问题是，所有的商店都是由富人开的。富人们病倒后，商店也关门了，人们再也买不到东西了。

所以，城里的生活陷入了一片混乱，没有人知道该上哪儿去买东西，一切都乱了套。

城主非常有钱，也非常胖，因此，他也得了这种奇怪的肚子痛。修士们与村子里的病患们接触过，所以也有可能得病。但奇怪的是，修士中并没有人被感染，也许是因为他们不瘦不胖，身材刚刚好。我们已经说过，修士们能吃饱，但不过量，他们把剩下的食物都分给了穷人。

不过修士们有自己的顾虑：那些生病的富人以前总是对他们趾高气扬的，因为有钱人觉得自己不需要修士的帮助，但修士在这个世界上的使命就是服务他人、帮

助他人，所以不管怎样，他们都应该去帮
助那些富人。

其实，关于要不要帮助富人的问题，
布莱特已经想了很久。他仔细地思考，与
同伴们讨论，不断地祷告。最后，他想通
了：如果真的有一种药能治好这种奇怪、
恐怖的肚子痛，那么就应该去帮助那些受
苦的人。

于是，他把安吉拉叫到一边，告诉她
外面正在发生的一切。他说："不管怎么
说，这些富人也是病人。虽然城主抓走了
你的奶奶，可是你比他善良，所以你要真
诚地帮助他。"

安吉拉想了一会儿，然后抱着双臂，

站在那里说："我不确定我是不是能真诚地帮助他。我没有这么大的本领，也没有这么善良，我已经好久没有奶奶的消息了。"

"好吧，别太难过了。城主生病了，就不能审判你的奶奶了。我打听过了，你的奶奶情况还不错，在牢房里没有受什么苦。总之，她还活着。"

安吉拉叹了口气，说道："我再说一次，在感情上，我没法真诚地去帮助城主。不过，在理智上，我可以这么做。尽管我并不情愿，但我还是会帮助他的。"

那天，布莱特和"小伙子"去看望了城主。"小伙子"看上去就是一个小修士，

她身上穿的大褂子把她的腰身完全遮住了。城主还有力气取笑布莱特："我看你们没有大一点儿的跟班了，一个堂堂的医生，助手竟然是个小孩子。"

之后他就不再说话了，因为疼痛，他蜷缩着躺在床上。这时，"小伙子"仔细观察了病人，她查看了城主的脸色，看了看他变黄的眼珠、干裂的嘴唇、发红的脸颊。观察完症状后，布莱特和"小伙子"回到了修道院。安吉拉一脱掉大褂子，就迅速地开始了工作。她将草药搅碎、研磨、混合、蒸煮、滤干。最后她交给布莱特一个装着深绿色液体的小药瓶，药瓶子还带着余温。

"会有效的。"她认真地说,然后就转身继续做其他的药了。

布莱特拿着安吉拉给他的药又去了一趟城主家。他有点儿犹豫不决,因为他知道城主抓走了安吉拉的奶奶,安吉拉很有可能会给城主配一剂毒药。虽然她只是一个小女孩儿,可有时候报仇的欲望会让人失去理智。但布莱特没法确定这是不是毒药,除非他自己把药给喝了,可如果他喝了,城主就没有药了。

最终,布莱特还是决定信任安吉拉,尽管他心里还是有点儿担心。

城主一口气喝完了瓶子里的药,就像在喝可口的饮料一样。接着他把瓶子放在

枕头上，恶狠狠地看着布莱特说："我希望你的药有效。你们这些修士总是用些奇怪的药水，念着奇怪的经文，和女巫一样。"

过了一会儿，药水开始发挥作用，城主沉沉地睡着了。布莱特回到修道院，他知道，不管城主病好了还是死了，消息都会迅速传开的。

第二天，城主的仆人用力地敲着修道院的门，门板都要被敲破了。

"什么事情这么着急啊？"看门的修士打开了门，"是不是村子里着火了？"

"不是，不是。"城主的仆人说，"城主要布莱特修士马上去一趟，立即，马上，现在。"

布莱特不喜欢被命令，不过他很好奇，也有点儿担心。要是城主已经奄奄一息，把他叫过去，应该就是为了当众痛骂他一顿，然后把他抓起来。不过布莱特没有时间多想，他迅速地穿好衣服，跟着仆人走了。到了城主家，城主正坐在火炉前面的沙发上。他的气色看起来好多了，就像换了一个人——眼睛充满了活力，肤色变好了，背也挺得笔直。看见布莱特进来，城主甚至站了起来。他以前可从来没这么干过，因为他是这一带最有权力的人。

城主拥抱了布莱特，说:"你的药真是太灵了！你看我，就像完全换了一个人，这真是一个奇迹！我一定会好好奖励你们修道院的！"城主并没有说谢谢，真是典型的官老爷。不过布莱特没在意这个，他说:"您不应该感谢我，您应该感谢一个小女孩儿和一个女犯人。"

城主皱了皱眉，他没听明白。布莱特耐心地给他讲完了整个故事。可是听完故事的城主却生气了。"你是说，你把我的性命交到了一个小女巫的手中？"城主愤怒地问。

"她不是女巫，她已经用她奶奶的药方治好了您的病。"布莱特解释道。

62

"我怎么知道你有没有撒谎？是不是这药是你做的，但现在你为了要我释放她奶奶，免除她们的罪行，你就把功劳归到这个小女孩儿身上？"城主还是不相信。

这一点布莱特可真没有想到。他心想，这些有钱人的思想可真是怪异，他们会把最简单的事实都给歪曲了。

不过虽然这样想，但他还是平和地说："如果您不相信的话，我们就来做一个测试。您可以告诉安吉拉的奶奶您的病症，让她准备一剂药。然后您可以把这药给一个生同样病的朋友喝，如果他病好了，您就会知道奶奶的药方是对的。安吉

拉是按照她奶奶教的方法做的。如果她们做出来的药水一模一样，就可以证明她们不是女巫。"

第六章

和奶奶重逢了

城主沉默了，这个修士和那两个女巫在向他发出挑战。但所有人都听到了他们的谈话——他的仆人、他的妻子、他的子女们，于是城主决定接受挑战。"我要求那个小女孩儿在测试结束前不能接近她奶奶。"他最后说。

城主来到了牢房里，他厌恶地用手帕

捂住鼻子，向安吉拉的奶奶说明了自己的病症。奶奶听了后，列了一张单子，上面写着自己所需要的草药和工具。奶奶终于又可以工作了，她非常高兴自己又能重新救死扶伤了。

而同时，安吉拉也在配制这剂药，她在两个士兵好奇的眼光下工作着。城主把他们派来监视安吉拉，好确定没有修士给她帮忙。

牢房里的奶奶和修道院里的安吉拉几乎同时配好了药，但是她们彼此并不知道这是一场测试。奶奶和安吉拉给各自的看守展示了她们配制的药水——一模一样。士兵们将药水分别送给了生病的铁匠和比

萨店店主（这两个人都是大胖子），接着就开始等待。

　　布莱特双手合十，他想，城主病好了会不会是巧合，而不是因为安吉拉的药？如果奶奶和孙女决定报仇，在瓶子里装满了毒药怎么办？

正想着，布莱特发现城主在广场中心生起了一堆火，这一幕让他打了个寒战。城主是准备烧死安吉拉和她的奶奶吗？

其实不是这样，城主生火只是为了让大家取暖，他还叫人准备了可口的苹果汁和点心，打算举办一场庆典。

城主虽然不是一个好人，但不管怎么说，他还是有点儿正义感的——只有他自己知道那药水立刻就将他治好了。他每喝一口，那药水就进入肠胃，将那痛苦的结给打开一点儿。所以，他心里其实很清楚这场测试的结局。

确实是这样，铁匠和比萨店店主跟城主一样，喝下药水后睡了一大觉，醒来

后便痊愈了。两个小时后，在太阳即将下山，短暂的白天即将结束时，士兵和仆人从被测试的病人家中走了出来，他们欢呼道："他们好了！他们健康了！万岁！万岁！"

城主马上下令放了安吉拉的奶奶，安吉拉和奶奶终于团聚了！她们很高兴，沉浸在久别重逢的喜悦中。

其他的修士平静地看着其实是小女孩儿的"小伙子"，他们刚刚才知道这个事实。

他们看着她站在奶奶身边，大手牵小手，感到非常奇怪：为什么自己从来没有看出来呢？这小女孩儿是这么可爱，这么

善良，这么安静，又这么守规矩。她不仅医好了大家的病，还帮助修道院重建了草药园。想到这些，修士们默默地在心里原谅了这个小骗局。

当然，他们也原谅了布莱特，因为他也是出于好意。

参加庆典的人们往篝火里添柴，广场上充满了苹果汁的香味，大家互相碰杯、畅饮，这是所有人的狂欢。

这既是富人的节日，也是穷人的节日。富人们终于找到了治病良方，穷人们终于能够饱餐一顿。只有奶奶和安吉拉没有参加，布莱特借来一辆马车，迅速地将祖孙俩拉到了修道院，因为还有很多长得

胖的富人等着治病呢。

团圆的感觉让祖孙俩觉得开心极了，她们整夜都在制药。在劳动的时候，她们一言不发，因为配制正确的剂量需要高度集中精神。只有在休息的时候，比如说，等着水开，或是在过滤汤药时，她们俩才聊一会儿。她们有太多的事情想要告诉对

方，但此时却真是"无声胜有声"，因为她们深爱彼此，只要能生活在一起就好，她们再不奢求别的了。

尾 声

美丽宁静的草药园

安吉拉和奶奶都没有料到的是，在整个村子，包括富人和穷人的共同要求下，她们得到了一个小店铺。大家希望她们可以在那里配制并出售草药。

能够买得起药的通常都是有钱人。但是有钱人有时也替穷人买药，倒不完全是出于善意，而是因为富人们希望有健康的

仆人为他们工作。

　　总之，重要的是，如果有人生病了，不舒服了，就能马上找到病因，并得到有效的治疗。不过治疗还仅限于使用草药，并不是所有的病都能被治好，还好大多数

病都是可以治愈的。

安吉拉和奶奶愉快地工作着，每晚都回到树林尽头的小房子里睡觉。有空的时候，安吉拉就继续在修道院的草药园里干活儿。现在那个草药园在她的精心照料下，已经慢慢变成了一个美妙的花园，一个有用的美丽的草药园，一个香气扑鼻的宁静乐园。它曾经在安吉拉痛苦的时候收留了她，并带给她心灵的平静。现在，这个草药园为更多的人带来了福音。

勇敢的非凡女孩：佳塔

自信的非凡女孩：梅达

机智的非凡女孩：乌玛

独立的非凡女孩：伊莎贝

坚强的非凡女孩：库莎

宽容的非凡女孩：安吉拉

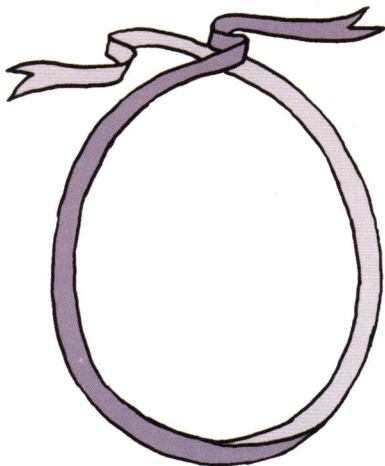

_____ 的非凡女孩：_____

在丝带里画上你的自画像吧，你和她们一样！